1898

DAS BUCH

Surreal, verstörend, irre komisch oder alles zugleich. Jede der in diesem Band versammelten Erzählungen hat ihren ganz eigenen Twist: Da ist der legendäre Talkmaster Conny Franke, dem nicht nur ein brisanter Flohmarktfund zum Verhängnis wird, da ist ein amerikanischer Spitzenkoch, der am Weihnachtstag plötzlich mit den zu bratenden Papageien diskutiert, ein Blind Date mit eigenartigem Ausgang, oder Hermann »Jeff« Kanter, der letzte Cowboy Deutschlands, den bei einem kleinen Wohnzimmerkonzert großes Unheil erwartet.

In *Wir lassen uns gehen* erzählt David Schalko von den seltsamen Träumen, täglichen Krisen und bizarren Obsessionen der eigenartigen Spezies Mensch.

»Sprachlich einmalig ausgefeilte Geschichten.«
Die Presse

DER AUTOR

David Schalko, geboren 1973, lebt als Autor und Regisseur in Wien. Bekannt wurde er mit revolutionären Fernsehformaten wie der »Sendung ohne Namen«. Seine Filme und Serien »Aufschneider«, »Braunschlag«, »Altes Geld«, »Ich und die Anderen« und das Remake von »M – eine Stadt sucht einen Mörder« wurden mit zahlreichen internationalen Preisen ausgezeichnet. Zuletzt erschienen seine Romane »Schwere Knochen« und »Bad Regina«.

DAVID
SCHALKO

WIR
LASSEN
UNS
GEHEN

Erzählungen

Kiepenheuer & Witsch

1. Auflage 2023

© 2023, Verlag Kiepenheuer & Witsch, Köln
Die Originalausgabe erschien 2007 im Czernin Verlag
Alle Rechte vorbehalten
Covergestaltung: Barbara Thoben, Köln
Covermotiv: © John Short
Gesetzt aus der Adobe Caslon Pro und der Helvetica Neue
Satz: Wilhelm Vornehm, München
Druck und Bindung: GGP Media GmbH, Pößneck

ISBN 978-3-462-00498-4

INHALT

WIR BEDAUERN

Demokratisch gesehen war Conny Franke ein Arschloch. Kaum einer, der ihn kannte und nicht für ein Arschloch hielt. Seine Co-Moderatorin hielt ihn für ein frauenfeindliches, die Produktionsassistentin für ein vertrotteltes, der Regieassistent für ein überschätztes, der Kameramann für ein hässliches, die meisten Gäste für ein arrogantes, die Maske für ein selbstgefälliges, die Redakteure für ein intrigantes, sein Manager für ein egoistisches, ja, sogar der Senderchef, der selbst ein Arschloch war, hielt Franke für ein noch viel größeres Arschloch als sich selbst. Und wenn Franke in einem Interview behauptete, dass ihn die Leute nicht für ein Arschloch hielten, weil sie ihn kannten, war das eine Lüge, denn selbst seine Frau und seine 15-jährige Tochter empfanden ihn als unheilbares Arschloch. Statistisch gesehen war es also durchaus legitim, Conny Franke als handfestes Arschloch zu bezeichnen.

Und wäre Frankes Mutter nicht Frankes Mutter, hätte sie ihn nicht nur für ein Arschloch gehalten, sondern auch wie ein solches behandelt. Aber sie war schließlich die Mutter und fühlte sich dazu verpflichtet, dieses Arschloch so zu lieben, als wäre es keines. Andernfalls wäre sie tatsächlich nicht nur die Mutter des Arschloches Conny Franke, sondern auch noch die Ursache für dessen Arschlochdasein. Das liegt in der Natur der Sache. Ein Arschloch bringt das nächste Arschloch hervor. Über Generationen! Die endlose Fortpflanzung der Arschlöcher, die zu einer unaufhaltsamen Verarschlochisierung der Welt führt. Und wer ist schuld? Naturgemäß das erste Arschloch, auf das sich alle anderen Arschlöcher herausreden. Schließlich kann niemand etwas für das Arschloch, aus dem man herausgeboren wird. Aber in Conny Frankes Familie gab es sonst kein Arschloch – weder Vater noch Mutter, noch Bruder – die Frankes waren eine richtig arschlochfreie Familie. Der Nachzügler Conny war damit das erste Arschloch einer bevorstehenden Arschlochdynastie, die in seinem Sohn, der bereits mit seinen acht Jahren ein riesengroßes Arschloch war, ihre Fortsetzung fand.

»Lauter Arschlöcher«, kam es hinter der Klotüre geflüstert, während das Kokain in Conny Frankes Nase brannte. Sogar sein Dealer musste ihn für ein blödes Arschloch halten. Sonst würde er ihm nicht ständig diesen miesen Stoff andrehen. Niemand ist 24 Stunden am Tag ein Arschloch. Das geht nur mit Hilfsmitteln. Er brauchte das Zeug, um Claudia Färber besser zu ficken, als Herbert Färber dies tat. Noch vor einer Stunde hatte sie Conny Frankes Namen gewimmert, während ihn ihr Mann, der Zeitungstycoon, groß auf das Cover seines armseligen Boulevardmagazins druckte, um darüber zu spekulieren, mit wem Conny Franke ins Bett ging. Aber darauf wäre er nicht gekommen, der große Zeitungsmacker, dass seine Frau Claudia einmal die

Woche Frankes Namen stöhnte, ja schrie, als würde man ihren Körper mit purer Geilheit spalten.

»Conny Franke«, flüsterte er in den Spiegel. Er war sich mit diesem Namen immer fremd vorgekommen. Als handelte es sich nicht um ihn selbst. Als würde er diese Witzfigur aus dem Fernsehen nur flüchtig kennen. *Conny Franke.* Hatte er mit diesem Namen eine Chance, etwas anderes als ein Arschloch zu werden?
»Conny Franke!«
»Ja!«
»Noch sieben Minuten!«
Die Schlampe von Aufnahmeleiterin wusste immer, wo sie ihn fand. Täglich vor diesem Spiegel. Sie wussten es alle.

»Noch fünf Minuten!«
Franke betrat das Wohnzimmer der Nation. Das heutige Thema: Frühlingsbeginn. Hunderttausende Hausfrauen und Altersheiminsassen warteten auf 90 Minuten Gesundheits- und Gartentipps, einen belanglosen Gast, der sein neues Kochbuch bewarb und jede Menge beunruhigender Chronik, die in beruhigendem Ton für Schwerhörige vorgetragen wurde. Dazwischen Anrufe von medikamentös benebelten Witwen und Gewinnspiele für Infantile. Frühlingsbeginn. Er musste an Claudia denken. Sie hatte seinen Schwanz mit dem Zeug eingerieben. Er stand wie Beton unter dem Sakko hervor. Franke musste lachen. Und überlegte sich, wie er die ersten Minuten im Sitzen bestritt. Schweigen. »Noch 30 Sekunden!« Er konnte den Ekel der gesamten Mannschaft fühlen.

9

Die Signation lief. Er hatte noch vor dem Stundenhotel Orient einer älteren Dame ein Autogramm gegeben. Moderation. Ankündigung des Themas. Seine Frau meinte am Telefon, dass ihre 15-jährige Tochter vermutlich Sex hatte. Sie regte sich fürchterlich darüber auf. Noch mehr brachte sie aber seine Gleichgültigkeit in Rage. Was hatte sie geglaubt? Selbst er nahm seine Tochter inzwischen als Frau wahr. Der Gast betrat das Studio. In seiner Hand das sinnlose Kochbuch. Franke begrüßte ihn und stellte sich eine Szene mit seiner Tochter vor. Er hatte zu viel von dem Zeug erwischt. Es arbeitete noch immer in seiner Nase, die sich jetzt seltsam warm anfühlte. Was gaffte ihn der sinnlose Koch an, als wäre er ein Außerirdischer? Wenigstens im gewohnten Umfeld des Fernsehstudios könnte man seine reale Existenz ohne Staunen akzeptieren. Der Koch starrte auf seine Oberlippe. Franke spürte den warmen Schweiß, der dort stand und tropfenweise über seine Lippe rann. Dabei war Franke dafür bekannt, niemals zu schwitzen. Selbst in der Sauna konnte er seine Sekrete unter Kontrolle halten. Conny Franke war schließlich Profi. Aber die achte Line am Klo war wohl die eine zu viel gewesen. Unauffällig versuchte er in einem längeren Satz des irritierten Koches den Schweiß mit der Zunge zu beseitigen. Seltsamer Geschmack. Wie ... Blut. Es lief regelrecht aus ihm heraus. Und der Umstand, dass er es mit seinen kreisenden Zungenbewegungen auffing, machte es für den Fernsehzuseher nicht besser. Das Blut lief aus der Nase, als hätte er zu viel davon im Körper. Und die Arschlöcher vom Team sahen tatenlos zu. Keiner rührte einen Finger. Wahrscheinlich genossen sie diesen Augenblick. Franke spürte, während der warme Saft aus ihm herausquoll, die Wut in ihm hochsteigen. Und als der Koch höflich meinte: »Entschuldigen Sie, Herr Franke, Sie bluten aus der Nase«, musste er so etwas wie: »Ich weiß, du blödes Arschloch« gesagt haben, im Glauben, dass sie den Beitrag schon eingespielt hätten. Selbst der Live-Regisseur hielt ihn für ein Arschloch.

Die empörten Anrufe beim Kundendienst wären nicht so schlimm gewesen. Nasenbluten kann jedem passieren, da muss noch lange kein Kokain im Spiel gewesen sein. Auch sein Tobsuchtsanfall nach der Sendung wäre nachvollziehbar gewesen. Franke war als empfindliches Arschloch bekannt. Ja, und selbst den Umstand, dass er die Sitzung des Programmdirektors unterbrach, um lautstark Konsequenzen zu fordern, die ihm der verängstigte Prozacschlucker auch sofort in die Hand versprach, hätte man noch hinnehmen können. Aber als der Assistent von Färber gegen 19 Uhr in dessen Büro trat, um ihm zu sagen: »Wir haben eine Coverstory«, kam die Sache so richtig ins Rollen.

Fragender Blick von Färber, der noch immer über die blutende Nase von Franke lachte. Er konnte dieses eitle Arschloch noch nie ausstehen. Kommentarlos legte der Assistent ein großes Kuvert auf den Tisch. Färber sah ihn schweigend an. Das Gesicht des Assistenten war steinern. Jede zuordenbare Geste hätte ihn ab jetzt in massive Schwierigkeiten gebracht. Langsam öffnete Färber den Umschlag. Jetzt standen zwei versteinerte Gesichter im Büro. Denn wenn Färber seinen wahren Gefühlen Ausdruck verliehen hätte, als er es da Conny Franke mit seiner Frau treiben sah, noch dazu im Zusammenhang mit dem Konsum von Kokain, hätte auch das zu massiver Irritation geführt. Denn Färber versuchte schon die längste Zeit einen Weg aus dieser Ehe zu finden, der ihn nicht sein halbes Vermögen kostete. Ehebruch, noch dazu im Zusammenhang mit Drogen – ist in einer solchen Situation ein wahrer Segen. »Drucken!«, sagte er. »Drucken?« Schließlich war das Ganze nur als kleine Intrige gedacht, um Färber bedingungslose Loyalität zu demonstrieren. »Drucken!«, sagte Färber, bevor er seinen Anwalt anrief.

Gegen 22 Uhr stand Conny Franke an der Bar. Er hatte mit dem Chef in der Küche noch ordentlich nachgelegt. Doch die Wut wollte nicht nachlassen. Und als sein Manager Hermann Brandl neben ihm Platz nahm, wurde sie noch größer. »Ich möchte, dass sie das ganze Team entlassen, hörst du?« Brandl kannte die Kokainlaunen von Franke und wusste, dass jede Diskussion nur Zeitverschwendung war. Also ließ er ihn reden, nickte in regelmäßigen Abständen und nippte lustlos an seinem Bier. Er hatte seiner Frau versprochen, um Mitternacht wieder zu Hause zu sein. Er war pünktlich. Denn gegen 23:30 Uhr hatte Conny Franke Brandl bereits entlassen.

Und dieses Mal endgültig. Zumindest aus Brandls Sicht. Als er sich kurze Zeit später neben seine Frau legte, stieß er einen erleichterten Seufzer aus. Das Arschloch Franke war aus seinem Leben verschwunden, auch wenn das mit großen

finanziellen Einbußen verbunden war. Sie würden vermutlich ihr Haus verkaufen müssen. Der Ruf in der Branche
würde nachhaltig beschädigt sein. Ein privater Konkurs war
wahrscheinlich. Aber all das nahm er in Kauf. Fünfzehn
Jahre Schlucken waren genug. Als Franke kurz vor 23:30 Uhr
meinte, er erwarte sich, dass Brandl seine Honorare um mindestens 30 % kürze, hatte der Manager das erste Mal »Nein«
gesagt. »Du bist entlassen.« Brandl war wortlos aufgestanden und ohne zu zahlen gegangen.

Während sich Franke die Niederlage des Tages wegzutrin-
ken versuchte, hielt Andrea Franke eine Videokassette in
der Hand, auf der stand: »Die Fickinger kommen!« Sie
kannte das Machwerk, das ihr die Tochter vor 30 Minuten
vorwurfsvoll in die Hand gedrückt hatte. Allerdings hatte sie
gehofft, dass es für immer in der Versenkung verschwindet.
Der Freund der Tochter hätte es auf einem Flohmarkt aus-
gegraben und sie wisse nicht, ob sie ihrem Vater jemals wieder in die Augen schauen könne. Die Mutter legte die Kassette ein. Der junge Conny Franke bearbeitete in schlechter
Wikingermontur die geile Tanja. Rundherum ein dilettan-
tisch inszeniertes Gelage, das an eine triste Faschingsparty
in einem Swingerclub gemahnte. Andrea wusste nicht, was
sie ihrer Tochter sagen sollte. Der ohnehin minimal vorhan-
dene Respekt ihrem Vater gegenüber war für immer verspielt.
Zusätzlich legte die Kassette einen großen Schatten über
ihre erste große Liebe, denn als der experimentierfreudige
Student zu den Ausschnitten bumsen wollte, gab sie ihm
den Laufpass. Eine Frage der Würde. Es war schon ernied-

rigend genug, den eigenen Vater im Wikingerkostüm beim Geschlechtsverkehr zu sehen.

Während im Haus der Frankes die Wikinger geil aus dem Fernseher grunzten, stieg Conny wankend ins Auto. Er stieg aufs Gas, stolperte durch den Vorgarten und fand im Wohnzimmer eine apathisch vor sich hinstarrende Ehefrau, die ihm schweigend die Kassette vor die Füße warf. Sie war es gewohnt, dass ihr Mann betrunken nach Hause kam. Auch rechnete sie damit, dass er fremdging. All das war ihr egal, solange es ihren Alltag nicht streifte.

»Ich habe dir gesagt, wenn das jemals rauskommt, werde ich dich verlassen.«

Franke starrte sie an.

»Ich will, dass du sofort deine Sachen packst. Du hörst von meinem Anwalt.«

Er konnte nicht glauben, dass sie in dieser schweren Stunde nicht zu ihm hielt.

»Aber Andrea, du hast keine Ahnung, was für einen Tag ich hinter mir habe!«

Andrea stand schweigend auf und verließ das Zimmer. Sie konnte alles ertragen. Nur eine öffentliche Demütigung nicht.

Drei Minuten später saß Franke wütend im Auto. Die Staubwolke hatte im Rückspiegel den Blick auf das Haus verdeckt. Noch vom Auto aus versuchte er seine Tochter zu erreichen. Vergebens. Nach der rasenden Fahrt zurück in die Stadt fühlte er sich wieder nüchtern. Gleichzeitig spürte er eine ungewohnte Gleichgültigkeit. Er war geil und versuchte über die Rezeptionistin des Hotels Nummern von Callgirls aufzutreiben. Es war ihm egal, was sie von ihm dachte. Als er nach einer Stunde noch immer in den Warteschleifen hing, legte er auf. Er wählte die Nummer der Rezeption. Die junge Dame versuchte sich professionell zu geben.

»Haben Sie noch andere Nummern?«

»Tut mir leid, Herr Franke, ich habe Ihnen alle gegeben.«

Pause.

»Wie lange haben Sie Dienst?«

»Bis acht Uhr, Herr Franke.«

»Könnten Sie sich vorstellen, um einen Betrag Ihrer Wahl danach mein Zimmer aufzusuchen?«

Pause.

»Wenn ich Sie richtig verstehe, dann …«

»1000 Euro.«

»Nein, wirklich …«

»2000 Euro.«

»Herr Franke, ich muss jetzt wirklich auflegen.«

»3000 Euro.«

Besetztzeichen.

Die Rezeptionistin atmete tief durch und hoffte, diese prekäre Angelegenheit im Sinne der Firmenphilosophie gelöst zu haben. Franke nahm seinen Schwanz in die Hand und begann, daran zu werken.

Als die Putzfrau das Zimmer betrat, hielt er sein Glied noch immer in der Hand. Sein Schlaf war tief und laut. Peinlich berührt verließ die junge Dame das Zimmer. Als Franke aufwachte, hatten es bereits alle gelesen. Die Rezeptionistin, die Putzfrau, der Manager, die Ehefrau, die Tochter, seine

Geliebte, der Programmdirektor, der Sender, das Land. *»Die Kokainexzesse des Conny Franke – exklusiv!«* Färber hatte sich alle Mühe gegeben, die Scheidungsanwälte seiner Frau Schachmatt zu setzen und das Arschloch Conny Franke in die Hölle zu schicken. Als dieser gegen zwölf Uhr im Hotel Mirage mit dem Schwanz in der Hand aufwachte, ahnte er von all dem nichts.

Seine Haut fühlte sich speckig und geborgt an. Noch nie hatte er sich so sehr gewünscht, jemand anderer zu sein. Er duschte sich. Meistens half das, den seelischen Schmutz des Vorabends abzuwaschen. Er schlüpfte in die Kleidung von gestern, was den Effekt völlig zunichte machte. Weder seine Frau noch seine Tochter reagierten auf die Anrufe. Er musste zum Sender. Gott sei den Wichsern gnädig, dass sie auf die gestrige Sendung mit einem Köpferollen reagiert haben. Er lief an der Rezeption vorbei und hoffte, der jungen Dame von gestern nicht über den Weg zu laufen. Gut, er kannte ihr Gesicht ohnehin nicht. Aber sie seines. Das gesamte Personal starrte ihn an. Die wartenden Leute an der Rezeption ebenso. Die Passanten! Eine Kleinfamilie in der Tiefgarage! Eine Hausfrau an der Ampel! Die alte Frau am Gehsteig! Der Senderportier! Die Arschlöcher am Gang! Die Arschlöcher in der Kantine! Das Arschloch von Koch! Die Frau an der Kassa! Die Trafikantin, die ihm die Zeitung verkaufte. Sie durfte Zeugin des Moments werden, als Conny Franke all die Blicke begriff. Er sah sich um. Selbst die Trafikantin wandte sich ab. Er flüchtete in den Aufzug und lief ferngesteuert ans Ende des Ganges, wo *Programmdirektion* stand.

Dieses Mal unterbrach er keine Sitzung. Und der Programmdirektor wirkte unangebracht selbstbewusst. Das Drecksmagazin lag aufgeschlagen auf seinem Schreibtisch. Franke spielte in fünf Sekunden seine Optionen durch. Und endete bei einem gemeinsamen Bordellbesuch vor drei Jahren. Oder besser: Bei einer unfreiwilligen Begegnung, die seither zusammenschweißte.

»Machen Sie jetzt bloß keinen Fehler«, fing Franke großkalibrig an.

»Sie meinen einen solchen.«

Süffisant hielt ihm der Programmdirektor das Schundblatt vors Gesicht.

»Jeder hat mal einen Ausrutscher. Selbst Sie.«

Das sollte gesessen haben. Der Programmdirektor sah ihm lang in die geschwollenen Augen.

»Wollen Sie mir drohen?«

»Ich appelliere an Ihre Loyalität.«

»Franke, ich bin seit einem Jahr geschieden. Meine Frau hat es von ganz allein herausbekommen. So wie Ihre auch.«

Alles verspielt. Franke erwog weinend zusammenzubrechen. Der Programmdirektor kam ihm zuvor.

»Sie werden verstehen, dass ein solches Verhalten für unseren Sender untragbar ist. Wir bedanken uns für die guten Jahre. Viel Glück.«

Das Telefon läutete. Der Programmdirektor hob ab. Gespräch beendet.

Ohne zurückzusehen, ergriff Franke die Flucht. Auf seiner Mobilbox befanden sich bereits jetzt alle Boulevardjournalisten des Landes. Wenn sein Umfeld mitspielte, konnten sie die Geschichte mindestens drei Wochen in den Medien halten. Danach hatten sie ihn so zugerichtet, dass er das Land verlassen musste. Die Scheidungsanwälte seiner Frau waren bereits jetzt in einer unbezwingbaren Lage und würden ihn finanziell ruinieren. Seine Tochter würde bis zu seiner Beerdigung kein Wort mit ihm reden. Seinen Sohn würde er ebenfalls nie wieder sehen. Man würde ihn mit Drogentests und Psychotherapien öffentlich demütigen. Wenn er Pech hatte, würde er im Gefängnis landen. In seiner Panik würde er die halbe Promiszene verpfeifen, was zu einem Abbruch aller sozialen Kontakte führen würde. Es gab keinen Ausweg. Er hatte niemanden. Sein Manager. Seine Ehe. Seine Geliebte. Alles verspielt. Ein paar Stunden. Spätestens dann hatte die kleine Rezeptionistenschlampe von gestern die Information an das Drecksblatt verkauft. Und dass der kleine Stümper von Ex-Freund der Tochter wahrscheinlich dort auch schon angerufen hatte, lag auf der Hand. »*Conny Franke am Ende!*« Tanja!

Er legte die Videokassette ein. Als er die Bilder seiner Jugend sah, überkam ihn eine warme Welle der Sentimentalität. Er hatte das Gefühl, damals noch nicht seine Unschuld verloren zu haben. Auch wenn sie sich ihr Geld mit einem Porno verdienten. Es war das erste und letzte Mal. Und schließlich waren Tanja und er damals ein Paar. Und was für eines. Es war eine unbekümmerte Zeit voller Möglichkeiten und Träume. Es war für noch nichts zu spät. Man hatte sich für nichts entschieden. Außer für ein paar halbherzige Inskriptionen, die den Müßiggang rechtfertigten. Tanja und er planten eine Weltreise. In dem Angebot eines abgehalfterten Regisseurs, der sich auf diversen Partys herumtrieb, erkannte man eine bequeme Möglichkeit der Finanzierung. Doch dieser Dreh hatte etwas bewirkt. Die Beziehung der beiden war nicht mehr die gleiche. Tanja vertiefte sich ernsthaft in ihr Studium. Und Franke zog es zum Fernsehen. Ein Jahr später war von Weltreise keine Rede mehr. Und Conny Franke begann eine Redakteurin des Senders zu bumsen. Kurze Zeit später heiratete er die Frau, der er seine gesamte Karriere verdankte. Auch das würden die Anwälte ins Rennen führen.

Als Franke den Videorekorder ausknipste, sah er im Fernsehen die gleichen Ausschnitte noch mal. Sie waren verdammt schnell. Wahrscheinlich versammelten sie sich schon in der Hotelaula. Es musste einen Ausweg geben. Franke konzentrierte sich. Er dachte an ein offensives Outing. Der Schritt nach vorne.

»Herr Franke, was ist passiert?«

»Ich leide an einer unheilbaren Krankheit.«

»Und deshalb koksen Sie.«

»Ich habe vor einer Woche erfahren, dass ich nur noch acht Wochen zu leben habe. Es war ein panischer Affekt. Ich wusste nicht, was ich tat.«

»Acht Wochen. Woran sind Sie erkrankt?«

»Krebs.«

»Wie werden Sie jetzt damit umgehen?«

»Ich fühle mich geläutert. Ich will die letzten acht Wochen nutzen, Gutes zu tun. Ich will den Menschen nützlich sein.

Ich will ein Bad in der Menge nehmen. Ich will, dass mich alle lieben.«

»Die Chancen stehen nach dieser Offenbarung nicht schlecht. Es ist eine menschliche Reaktion. Und acht Wochen sind nicht allzu lang. Das hält die Öffentlichkeit durch. Auch wenn es schwerfällt, in Ihrem Fall die Sympathien aufrechtzuerhalten. Wie haben Sie sich vorgestellt, dass Sie damit durchkommen?«

»Ich werden einen Arzt bestechen.«

»Und nach acht Wochen? Es wird sich herausstellen, dass alles nur Betrug war. Man wird Sie noch mehr verachten als jetzt.«

»Aber diese acht Wochen wären die besten meines Lebens.«

»Wären Sie bereit, nach diesen acht Wochen Selbstmord zu begehen?«

Conny Franke überlegte.

»Ich könnte meinen Tod vortäuschen und unauffällig verschwinden.«

»Und so an Ihrer eigenen Beerdigung teilnehmen.«

»Das funktioniert nicht.«

»Nein, das funktioniert nicht.«

Das Telefon läutete. Franke hob ab. Es war der Manager des Hauses.

»Herr Franke, es ist mir sehr unangenehm. Aber wir müssen Sie leider bitten, unser Haus zu verlassen.«

»Was? Warum?«

»Ich glaube, dass Ihnen die Umstände bekannt sind. Wir sind ein renommiertes Haus und können unseren guten Ruf keinesfalls aufs Spiel setzen. Außerdem entspricht es unserer Firmenpolitik, menschlich hinter unseren Mitarbeitern zu stehen, und entschuldigen Sie mich, aber Ihr Verhalten gestern Nacht war inakzeptabel. Selbstverständlich übernehmen wir Ihre Rechnung, würden Sie aber bitten, das Zimmer innerhalb einer Stunde zu räumen.«

Die kleine Schlampe hatte ihn nicht verraten. Sie hatte ihn, Conny Franke, aus dem Mirage katapultiert. Wohin? Seinen Eltern konnte er unmöglich in die Augen sehen. Erst jetzt im Liegen merkte er das Schwindelgefühl, das am Rande der Bewusstlosigkeit balancierte. Er schloss die Augen. Sendeausfall. *Wir bedauern.*

Fünf Minuten später notierte er Tanjas Adresse auf den Notizblock des Hotels. Die zwei Stunden Autofahrt waren wie ein kurzer Befreiungsschlag. Auch wenn er wusste, dass sie ihn im ganzen Land suchten.

Er hatte sie seit damals nicht gesehen. Aber seine jahrelange Fantasie, sie doziere an einer angesehenen internationalen Universität Vergleichende Literaturwissenschaft, sollte nicht der Realität entsprechen. Der marode Vorort im Osten war von universitären Eliteprojekten so weit entfernt wie Franke vom beliebtesten Moderator des Jahres. Relativ schnell fand er die Adresse. Glücklicherweise ohne sich durchzufragen. Seine Anwesenheit konnte größere Wellen schlagen. Der Motor des Wagens starb ab. Und mit ihm auch das Bild, das er von dieser Begegnung vor sich hatte. Was sollte er hier? Nach all den Jahren. Wohin sollte er sonst? Rauschen.

Er machte kurzen Prozess. Ohne sich umzusehen, stieg er aus dem blickdichten BMW. An der Tür ihr alter Name. Verheiratet? Geschieden? Fixer Lebenspartner? Er läutete. Ohne nachzufragen wurde geöffnet. Zögerlich betrat er das kalte Treppenhaus. Stock für Stock suchte er nach einer geöffneten Tür. Außer Atem stand er kurze Zeit später vor ihr.

»Conny Franke. Durch dich werde ich doch noch berühmt.« Sie sagte dies völlig neutral und abwartend. Sie hatte sich kaum verändert. Aber wer hatte das schon auf den ersten Blick?

Natürlich kannte sie Conny Franke gut genug, um seine plötzlich eintretende Sentimentalität richtig einschätzen zu können. Aber sie war eine einsame Frau, die seit Jahren zurückgezogen lebte. Daher schätzte sie seine Anwesenheit. Es passierte ihr selten, dass sie in eine derart aufwühlende Geschichte hineingezogen wurde. Auch wenn die Filmausschnitte im Fernsehen ihrer selbst gewählten Zurückgezogenheit schadeten. Die Einwohner sprachen hinter ihrem Rücken darüber. Ihr Job als Volksschullehrerin brachte nicht viel ein und stand voraussichtlich ab nächster Woche zur Disposition.

»Dann machst du halt etwas anderes. Ist doch egal.«
»So wie bei dir.«
»Sehr witzig.«

Tanja kochte. Sie tranken Wein. Redeten über die ganze Fickingergeschichte. Über das Kokain. Über Frankes Ehe.

Über Frankes Karriere. Über Frankes Pläne. Über Frankes Träume. Über Franke. Und über Franke. Aber auch über Frankes alte Zeiten mit ihr. Franke wurde sentimental. Denn Franke war schon wieder sturzbesoffen. Und als Franke sie küsste, gab sie nach. Er flüsterte auf sie ein. Dass sie es noch einmal probieren könnten. Dass er ständig an sie denken musste. Dass ihm gerade klar wurde, dass er sie noch immer liebte. Franke küsste ihr Ohr, streichelte ihr Haar, roch an ihrem Nacken. Er beschwor all ihre mütterlichen Gefühle. Machte ihr einen Heiratsantrag. Öffnete ihre Bluse. Brach weinend zusammen. Verkroch sich in ihren Armen. Flehte sie an. »Franke. Franke. Franke«, sagte Tanja, bevor sie ihn ins Schlafzimmer zog und er sich erleichtert fallen ließ.

Langsam zog sie ihre Bluse aus. Die Brustwarzen richteten sich wie zwei Tentakel auf ihn. Tanja hatte die Brüste einer jungen Frau. Sie öffnete ihr Haar, das leichtfertig über ihren Nacken fiel. Langsam zog sie den langen Rock über ihre Hüfte. Er glitt geschmeidig über ihren Schenkel, über ihr Knie bis zur Ferse.
Ohne den ernsten Blick von Franke zu wenden, nahm sie die Prothese ab und legte sie sorgfältig neben das Bett. Sie stand vor ihm auf einem Bein. Franke starrte sie an. Sagte kein Wort und fing sie auf, als sie sich fallen ließ. Er küsste sie am ganzen Körper. Streichelte vorsichtig den Beinstumpf, als handelte es sich um eine offene Wunde. Das kurze Bein hob sich zitternd. Spreizte sich. Ihre Hand zog Franke zu sich und er drang ein. Während das linke Bein seine krei-senden Bewegungen umklammerte, zuckte das rechte ori-

entierungslos in der Luft. Es endete kurz vor dem Knie. Als der betrunkene Franke schreiend kam, versuchte er sich am zuckenden Beinstumpf festzuhalten, doch er rutschte jedes Mal ab. Es fühlte sich an, als wäre bei rasender Geschwindigkeit die Beifahrertür offen.

Als er aufwachte, lag er allein im Bett. Er hatte von wilden Wikingergelagen geträumt. Von herumfliegenden Extremitäten, in die wahllos hineingebissen wurde. Er sah sich um. Die Prothese war verschwunden. Saß sie da draußen und wartete? Er konnte doch nicht aus Mitleid bei ihr bleiben. Er hatte schon genug Probleme. Das musste sie verstehen. Er konnte ihr unmöglich die Wahrheit sagen. Er würde ihr eine dringende Erledigung vorgaukeln. Alles hinter sich lassen. Ohne ein Wort zu verlieren. Unauffindbar sein. Für immer. Für jeden.

Als er zögerlich die Schlafzimmertür öffnete, bemerkte er, dass niemand in der Wohnung war. Tanja war gegangen. Wahrscheinlich um sich die Peinlichkeit dieses Momentes zu ersparen. Erleichtert atmete Franke auf und ging in die Küche. Dort fand er ihre Nachricht.

»Ich habe dein Auto genommen. Du wirst es am Parkplatz des Senders finden. Die Bildqualität ist zwar nicht besonders. Aber für meine Zwecke sollte sie reichen. Ich bin endlich frei. Danke.

PS: Wenn du jemals Gesellschaft brauchst, die Insel heißt Karpados.«

MAX NIMMT SICH ZEIT

7 Stunden, 38 Minuten und 45 Sekunden.

27 Minuten und 29 Sekunden weniger Schlaf als gestern.

Schrei nach Mutter.

34 Sekunden, bis sie im Zimmer steht.

Die Dusche des Vaters: 4 Minuten und 42 Sekunden.

Um 29 Sekunden kürzer als gestern.

Was wohl mit der verlorenen Zeit passiert?

56 Sekunden für das Streichen des Butterbrotes.

1 Minute 45 Sekunden Zähneputzen.

11 Sekunden für das Binden der Krawatte.

Wie lange hat meine Geburt gedauert?

Max, bitte!

Seit du ihm die Stoppuhr geschenkt hast, ist er wie besessen.

Wenn es ihm doch Spaß macht.

4 Minuten 12 Sekunden, bis jemand bemerkt, dass Max noch immer im Pyjama dasteht.

8 Stunden.

Was?

Die Geburt.

Ungefähr.

Das sind ungefähr 7 Stunden 54 Minuten und 33 Sekunden

weniger als das gestrige Stöhnen, das aus dem Schlafzimmer kam.

54 Sekunden weniger als vor drei Tagen.

Max, zieh dich an.

2 Minuten 10 Sekunden.

43 Sekunden, bis Mutter sagt: Das ist zu wenig.

Exakt gleich lang wie gestern.

Gib deinem Vater einen Kuss.

49 Sekunden lang kann ihn Max hinauszögern.

Bis zum Abend.

Das waren gestern 9 Stunden 33 Minuten und 00 Sekunden.

Mutter braucht über eine Minute, das Auto zu starten.

Die Fahrt: 12 Minuten und 32 Sekunden.

Der Einkauf: 23 Minuten 11 Sekunden.

Wobei man 3 Minuten 08 Sekunden von Frau Moldasch aufgehalten wurde.

Max, hör jetzt endlich auf damit.

56 Sekunden später sagt sie wieder Max.

Lass das, Max.

Sie wird es in 23 Sekunden wieder sagen, wenn Max das will.

Die Rückfahrt: 11 Minuten 11 Sekunden, obwohl für Max keinerlei Unterschied feststellbar war.

7 Minuten für das Hinauftragen der Einkäufe.

Ohne Hilfe von Max.

9 Minuten weniger als gestern.

Mit seiner Hilfe.

Im Treppenhaus: Gespräch mit Frau Kracht.
23 Minuten, in denen 78 Mal der Name des Hausmeisters fällt.

Max macht Spiele mit der Zeit.
Wie lange ohne Atem?
Wie lange brennt Papier?
Wie lange fällt ein Stein?
Länger, als Max fallen würde?
Wie lange hält Max den Schmerz der Zirkelspitze aus?
Wie lange braucht Mutter ins Zimmer, wenn er um Hilfe schreit?

23 Sekunden beim ersten Mal.
45 Sekunden beim zweiten Mal.
1 Minute 34 Sekunden beim dritten Mal.
4 Minuten 12 Sekunden beim vierten Mal.
20 Minuten 36 Sekunden beim fünften Mal.
Max wollte schon nachsehen gehen.
Er blieb konzentriert.
12 Minuten Standpauke.
56 Sekunden lang die zu oft gehörte Geschichte vom Clown, der Feuer schreit.
Um die Menschen in den Zirkus zu locken.
Bis niemand mehr kommt.
1 Minute 06 Sekunden bis zum Satz: So wird es dir auch noch gehen.
Noch 64 Stunden, 45 Minuten und 23 Sekunden, bis tatsächlich etwas passiert.

Als die Mutter nach 24 Minuten noch immer nicht im Zimmer steht, gibt Max auf.

Er geht hinaus und sieht sie neben der Leiter liegen.

Max überlegt 5 Minuten.

Er setzt sich hin.

Wie lange wird es dauern, bis sie wieder zu Bewusstsein kommt?

Nach 19 Minuten läutet das Telefon.

Nach 38 Sekunden springt der Anrufbeantworter an.

Es ist Vater.

Die Nachricht dauert 24 Sekunden.

Nach 34 Minuten ruft er wieder an.

Die Nachricht ist um 8 Sekunden kürzer als die zuvor.

4 Minuten später läutet es an der Tür.

Mutter schläft seit mindestens 88 Minuten und 2 Sekunden.

14 Minuten und 29 Sekunden später hört Max die Stimmen.

Sie brauchen 56 Sekunden, um die Tür aufzubrechen.

Als sie Mutter finden, liegt Max bereits seit 34 Sekunden im Bett und stellt sich schlafend.

1 Stunde, 53 Minuten und 22 Sekunden später wird er vom Tod seiner Mutter unterrichtet.

Der Vater braucht dazu 5 Minuten und 27 Sekunden.

Exakt so lange wie das gestrige Stöhnen, das aus dem Schlafzimmer kam.

STILLE WASSER

»Ein besonders schönes Exemplar«, sagte Hillinger, als er ihm die Taube präsentierte. »Sie sieht so lebendig aus«, antwortete Daniel. Hillinger lächelte geschmeichelt. Er wippte mit dem Kopf und sah dabei aus wie ein verdatterter Vogel Strauß. Noch vor einem Jahr hatten Tierschützer vor dem Atelier gegen seine Methoden demonstriert. »Eine Sabotage der Konkurrenz!«, zischte einem der asketische Vogelkopf des Präparators ins Gesicht, wenn man die Proteste ansprach. Über fünfhundert standen wie eingefroren vor seinem Fenster und rührten sich nicht. Manche von ihnen hatten sich weiß geschminkt. Das Ganze wirkte wie eine große Installation, eine Hommage an Hillingers Arbeit. Daniel betrachtete die Taube. Sie hatte ihn ein Vermögen gekostet. Aber Hillinger verstand sich als Künstler. »Ich bin beeindruckt«, sagte Daniel. Hillinger nickte mit einem wissenden Seufzen. Er hatte die Taube auf einem Ast platziert. Sie spreizte ihre Flügel zum Abflug. Hillinger konnte selbst den Ausdruck des Blicks konservieren.
»Wie haben Sie das gemacht?«
»Sie kennen doch meine Methode. Der Rest ist Handwerk.«
Daniel stellte sich vor, wie Hillinger das lebende Tier auf seinen Finger setzte. In der Hand den Spray, der eine Sub-

stanz enthielt, die Hillinger vor Jahren für seine Zwecke entwickeln ließ. Sie tötete und vereiste das Tier innerhalb einer Zehntelsekunde. Er warf die Taube in die Luft, zückte während des Abfluges den Spray und fror den Moment für die Ewigkeit ein. Die Taube fiel wie Stein zu Boden. Hillinger konnte mit seiner Methode das gesamte Wesen eines Tieres einfangen.

»Die meisten bringen wahrscheinlich ihre todkranken Haustiere vorbei.« Hillinger nickte. Er hatte für seine Kundschaft recht wenig übrig. »Die Taube ist das Symbol der Liebe«, sagte er und setzte einen Blick auf, als würde er den Spray gleich gegen Daniel richten. »Ich nehme an, es ist für eine Frau.« Daniel nahm den Karton entgegen und übergab Hillinger ein Kuvert mit 8000 Euro. »Ja, aber ich habe sie leider nicht mehr rechtzeitig zu Ihnen bringen können.«

Wenn Mira schlief, sah sie aus wie Nina. Sie hatte ihm zwar vorgeschlagen, allein zu fahren. Und obwohl er das wollte, hatte er sie gebeten mitzukommen. Noch drei Abfahrten. Noch drei Möglichkeiten, einfach umzudrehen. Stattdessen raste er mit 180 km/h geradewegs auf den See zu. So wie er vor sieben Jahren ohne zurückzusehen weggerast war.

Als ihn Xaver letzte Woche anrief, wusste er, dass es für vieles die letzte Möglichkeit sein würde.

»Am Montag sind es sieben Jahre, Daniel. Nina wird nach diesem Abend für tot erklärt.«

»Außer sie taucht auf.«

»Wir wollen uns alle im Haus treffen. Es wäre gut, wenn du dabei wärst.«

Daniel verneinte. Dann legte er auf.

»Wer war das?«

Mira hatte das Telefonat mitgehört.

»Ein alter Schulfreund. Sie wollen so eine Art Klassentreffen veranstalten. Aber ich habe keine Lust.«

»Du lügst mich doch sonst nie an. Was ist los?«

Ihre blauen Augen sahen aus wie zwei stille Wasser bei Nacht.

»Es geht um eine alte Freundin.«

»Sie war deine Freundin.«

»Ja. Wir waren gemeinsam in der Schule in Salzburg.«

»Nina hatte Drogen noch nie angerührt.«

»Auf jeden Fall kam Xaver auf die schwachsinnige Idee, mit dem Boot auf den See zu fahren.«

»Man hat ihre Leiche nie gefunden.«

In Miras Augen zuckte ein kurzer Wellenschlag. Der Rest des Gesichts blieb regungslos.

»Und was ist dann passiert?«

»Meine Eltern haben mich aus der Schule genommen. Wir sind nach Wien gezogen und ich war zwei Jahre lang in Therapie.«

»Warum hast du mir das nie erzählt?«

»Weil es nicht wichtig war«, scherzte er.

Doch Miras Blick stand still.

»Ich weiß nicht. Wahrscheinlich wollte ich es verdrängen.«

»Du musst hinfahren.«

»Ich fahre auf keinen Fall.«

Noch 5 km bis zu dem Haus.

Der Attersee legte sich wie ein schwarzer Film über die

Landschaft. Irgendwo da unten lag Nina. Sie hatten gestritten. Er hätte die Abtreibung nicht gewollt. Es war auch sein Kind. Sie hätte mit ihm darüber sprechen müssen. Nina nahm das LSD wie ein Gifttablette.

Vor dem Haus standen fünf BMWs. Daniel parkte seinen Saab und stupste Mira. Jarvis Cocker sang:
If you wait 'til tomorrow she'll no longer be there.

Daniel stellte den Motor ab. Vorsichtig hob er die präparierte Taube aus dem Kofferraum. Im Vorgarten blieb er plötzlich stehen und sagte: »Hör mal.« Miras schlanker Hals drehte sich fragend zu ihm. Doch man konnte das Klimpern der Bootsmaste, das an den Klang von Mobiles erinnerte, nicht hören.
»Was?«, sagte Mira
»Es ist nicht da«, sagte Daniel und küsste ihren Hals.

Sie folgten dem Gemurmel ins Haus. Als sie im Wohnzimmer standen, setzte es aus. Nur die Musik lief weiter. Velvet Underground: »All Tomorrow's Parties«. Xaver sah noch immer aus wie der junge Truman Capote.
»Ich wusste, dass du kommst.«
Xaver blieb sitzen und blies den Rauch seiner Zigarette in die Runde. Britta, Florian, Claudia, Andreas und Max. Sie versuchten erfolgreicher auszusehen als ihre Eltern. Alle musterten Daniel. »Ich weiß nicht, ob ich mit jemandem ausgehen will, der mit über 30 noch immer versucht, wie Jarvis Cocker auszusehen«, hatte Mira zu ihm gesagt.

»Jarvis Cocker ist über 40 und versucht, noch immer wie Jarvis Cocker auszusehen«, hatte Daniel geantwortet. Mira sah aus wie Jean Seberg in *Außer Atem*. Er hatte sich sofort in ihren abwesenden Blick verliebt. Wahrscheinlich, weil er die ständige Anwesenheit eines Menschen sonst nicht ertragen würde.

Daniel präsentierte Xaver Hillingers Taube.
»Ich dachte, das gefällt dir.«
»Passt doch zu dem heutigen Abend.«
Xaver machte keine Anstalten aufzustehen. Also stellte Daniel die Taube in die Mitte des Tisches. Die Taube bot den Gesprächsstoff, der ihnen sonst fehlte. Mira kannte die meisten aus Erzählungen. Sie spürte die eindringlichen Blicke, die sie musterten. Als Xaver meinte, dass sie Nina ähnlich sah, ging sie zum Auto, um die Koffer zu holen. Daniel lief ihr hinterher.
»Wir hätten nicht herfahren sollen.«
Sie zündete sich eine Zigarette an.
»Schon gut. Es macht mir nichts aus.«
»Hörst du es jetzt?«
Sie blies den Rauch aus und nickte lakonisch.
»Stör ich?«
Xaver stand in der Tür. Mira reichte Daniel die Zigarette und ging wortlos ins Haus. Xaver sah ihr wie einer Bediensteten hinterher.
»Ich wollte mich nur entschuldigen.«
»Dann sprich mit Mira.«
»Lieber nicht.«

Er stellte sich neben Daniel und nahm einen langen Zug von dessen Zigarette.

»Aber deine Freundinnen sehen alle aus wie deine Mutter.«
Er lächelte freundschaftlich und gab Daniel seine Zigarette zurück.

»Wusste Nina von deinem Vater und ihrer Mutter?«
Daniel zuckte die Achsel und dämpfte die Zigarette mit seinem Schuh aus.

»Was ist los?«
Mira hielt sich mit einer Hand am Bettrand fest. Die Koffer standen geschlossen neben ihr.

»Nichts. Mir ist nur schlecht.«

»Willst du Wasser?«

»Nein, danke. Ich komme gleich.«

»Solltest du nicht längst die Regel haben?«

»Keine Angst, ich bin nicht schwanger.«
Er umarmte sie von hinten.

»Schade.«
Sie schob ihn zur Seite.

»Du willst doch kein Kind.«

»Jetzt nicht.«
Er küsste ihren Hals. Sie entzog sich.

»Holst du mir bitte doch ein Wasser.«
Als er zurückkam, lag Mira angezogen im Bett. Er stellte das Glas ab und legte sich zu ihr.

»Bist du sicher, dass du mich liebst?«
Er versuchte es ihr mit einer besonders zärtlichen Liebkosung zu beweisen. Sie blieb bewegungslos liegen. Die Augen

geschlossen. Den Atem angehalten. Sie fühlte sich wie ein Gegenstand an. Das Klimpern der Boote hatte aufgehört. »Mira?«

Er ging hinunter. Das Licht war gedämpft. Im ganzen Haus war es still. Sie saßen schweigend um den runden Tisch. In der Mitte stand das Glas. Mira saß neben Xaver. Ein Sessel stand leer. Daniel setzte sich. Alle blickten zu Xaver, der den ersten Schluck nahm. Er reichte das Glas Mira. Sie nahm es schweigend an.

»Mira?«

»Ich will das sehen, was du siehst.«

Sie nahm einen Schluck und reichte das Glas weiter. Daniel war der Letzte und trank es aus. Er stellte es zurück in die Mitte. Alle Blicke endeten bei Xaver, der Hillingers Taube fixierte. Erst jetzt erkannte Daniel den kurzen Moment des Schreckens in ihren Augen. Er nahm den Blick von dem Vogel. Sie saßen da, als wäre Hillinger mit seinem Spray durch das Zimmer gegangen. Er stand auf. Keine der cremig blassen Wachspuppen rührte sich. Ihre Augen glänzten noch. Aber sie reagierten auf nichts. Er schreckte auf. Die Taube flatterte durch das Zimmer. Sie schoss an seinem Gesicht vorbei. Knallte gegen die Scheibe. Fiel zu Boden. Knallte wieder gegen die Scheibe. Daniel öffnete das Fenster. Er sah ihr noch nach. Dann ging er zum Ufer.

Das Wasser gab geräuschlos dem Bug des Bootes nach. Er spürte keinen Wind, aber das Boot glitt zügig über den See. So als kannte es seinen Weg. Er saß am vorderen Ende und starrte auf sein eigenes Gesicht, das ausdruckslos über dem

Wasser schwebte. Er fühlte, wie er verschwand. Wie sich die Teile, aus denen er bestand, nicht mehr zusammensetzen ließen. Es war nur ein kurzer Moment, der das Wasser bewegte. Dann hatte es der See bereits wieder vergessen. Es musste sich um eine optische Täuschung gehandelt haben, als Mira zu ihm sagte: »Komm!« Sie hatte es zu seinem Spiegelbild gesagt. »Daniel, komm, lass uns gehen.« Mit forderndem Blick fixierte sie ihn. Sie wiederholte die Worte immer wieder. »Daniel, komm!« Regungslos kippte er ins Wasser. Wie ein Stein sank er in die Tiefe. Dann war es still. Xaver und die anderen saßen angesprayt im Boot.

»Ich wollte ihn nicht verlieren.«

Sie sahen so lebendig aus. Erstaunlich. Man konnte sogar noch den Schrecken in ihren Augen erkennen. Mira drehte sich um und sah den beiden Tauben nach, wie sie im Schwarz des Himmels verschwanden.

VORTEIL HORNICEK

»Was ist los, hat es dir nicht gefallen?«, fragt Angelika.

Hornicek steckt sich eine Zigarette an und schüttelt den Kopf.

»Doch. Ich mag es nur nicht, wenn die Musik ausfadet und – ach vergiss es.«

Angelika hält ihr Lächeln zurück und liebkost stattdessen seinen schwitzenden Rücken. Auf seiner goldenen Halskette baumelt ein Anhänger, der die markante Unterschrift von Falco nachstellt.

»Vielleicht solltest du dir eine längere Version von Emotional besorgen.«

»Es gibt keine längere Version«, seufzt er.

»Dann spielen wir sie das nächste Mal zweimal.«

Er nimmt einen langen Zug und schaltet den Fernseher ein.

»Du bist verheiratet, Angelika, lass uns keine große Geschichte daraus machen, ja.«

Sie steht auf und schlüpft in ihren verschwitzten Tennisdress.

»Ich bin doch keine Statistin in einem schlechten Falco-Video! Wo sind meine Schuhe?«

Hornicek deutet ins Eck, wo die sandigen Sportschuhe stehen.

»Ich glaube es nicht.«

»Was ist los?«

»Mit dem Typen war ich in der Schule.«

Er zeigt mit der Fernsteuerung auf den Fernseher. Auf Astrovox ruft ein gewisser Herwig – Jeanshemd, Schnauzer, Pferdeschwanz und Bohrbrillen – die Zuseher dazu auf anzurufen.

»Eine tolle Klasse wart ihr.«

»Ich ruf da jetzt an.«

»Du spinnst. Ich bin dahin.«

Sie drückt ihm einen beiläufigen Kuss auf die Wange. Hornicek hält das Telefon in der Hand und wählt.

»Bis nächste Woche. Du solltest an deiner Vorhand arbeiten.«

»Vergiss es, Horni. Ich such mir was Neues. Vielleicht Golf.«

Wie jede Woche verlässt Angelika Horniceks Wohnung, um den restlichen Abend allein in einer Vorstadtvilla zu verbringen. Sie weiß, dass ihr Mann fremdgeht. Obwohl es sich inzwischen so anfühlt, als würde er bei ihr fremdgehen. Die Affäre mit Hornicek hat keine Zukunft. Aber auch kein Ende. Seine Brillantinefrisur, sein viel zu aufrechter Gang, sein vulgäres Grinsen, das der Hasenscharte jegliche Niedlichkeit entzieht, der schlecht imitierte Falcoduktus berühren sie peinlich. Andererseits nennt endlich jemand ihr Geschlechtsteil beim Namen. Sie kann nicht von ihm lassen. Solange es niemand erfährt.

Hornicek hängt schon seit 30 Minuten in der Warteschleife. Er hat darauf bestanden, in die Livesendung verbunden zu werden.

»Ich will mit Horst Martaler persönlich sprechen. Ich meine Herwig.«

Horst Martaler, der in die Atlanten der Mitschüler wichste. Der mit 16 die Gedichte von Jim Morrison abschrieb, um sie den Mädchen als die eigenen zu verkaufen. Er träumte von einer großen Zukunft als Schriftsteller. Jetzt sagt er die Zukunft der anderen voraus. Martaler spannte ihm mit dem gleichen blöden Grinsen, das er jetzt über den Äther schickt, Margit aus.

»So, ich habe jetzt den Fritz in der Leitung. Fritz, kannst du mich hören?«

Heinz Hornicek hat einen falschen Namen angegeben.

»Ja. Sagen Sie mal, ist Herwig Ihr richtiger Name?«

Martaler wirft einen skeptischen Blick in die Kamera, der direkt in Horniceks Schlafzimmer landet.

»Selbstverständlich. So wie Fritz ja auch Ihr echter Name ist, oder?«

»Können Sie das auch sehen?«

»Fritz, wann sind Sie geboren?«

»18.5.1967.«

»Uhrzeit.«

»4 Uhr 12.«

»Sie haben ein schweres Jahr hinter sich, Fritz.«

»Eigentlich nicht, ich bin befördert worden.«

»Das ist schön, aber Geld ist nicht alles. Ich sehe eine Trennung.«

»Welche Trennung? Ich bin Single.«

»Eine Trennung, die schon länger her ist, die Sie aber noch nicht ganz verarbeitet haben.«

Hat ihn Martaler erkannt? Andererseits ist ihm Margit völlig egal.

»Nein, da irren Sie sich. Im Gegenteil. Mir geht es blendend.«

»Das freut mich, Fritz. Aber warum rufen Sie an?«

»Na, ich will wissen, was die Zukunft so bringt.«

Herwig aka Horst wirft Fritz aka Heinz einen stirngerunzelten Günther-Jauch-Blick zu. Da Hornicek nicht reagiert, beginnt Martaler die Tarotkarten zu legen.

»Sie haben eine schwierige Zeit vor sich, Fritz. Es wird sich sehr bald etwas ereignen, das Ihr Leben auf den Kopf stellen wird.«

»Und was soll das sein?«

»In Ihnen schlummert ein ganz besonderes Talent, von dem Sie bis jetzt nichts ahnten.«

Herwig lächelt ihn vor laufender Kamera aus.

»Blödsinn, Martaler! Du kannst vielleicht ein paar Hausfrauen mit der Scheiße beeindrucken. Erzähl doch mal deinen Zusehern von den schwachsinnigen Gedichten, die du abgeschrieben hast. Die einzige Zukunft, die du siehst, ist …«

Das Besetztzeichen lässt Hornicek innehalten. Martaler wendet sich gelassen der Kamera zu.

»Fritz! Jetzt ist er leider aus der Leitung gefallen. Lieber Fritz, falls du uns noch sehen kannst: Du musst dich den Dingen stellen. Ich sehe, dass es in dir brodelt. Dass da noch einiges in dir arbeitet. Aber glaube mir, auch auf dich wartet eine Frau, die zu dir passt. Ein Tipp unter Freunden: Du darfst deine Erwartungen nicht zu hoch schrauben. Fritz! Gute Besserung. Du weißt ja, wo du uns findest!«

Hornicek wirft sein Telefon gegen die Mattscheibe, die es unbeeindruckt abprallen lässt. Martaler spricht längst mit Susanne, die wissen will, ob alles irgendwann besser wird.

Hornicek saugt in weniger als 20 Sekunden eine Zigarette aus und legt ein altes Wimbledonspiel in den DVD-Player.

»Es steht 102 zu 99, mein Lieber!«
Hornicek und Prandl treffen sich, seit sie aus dem Profitennis ausstiegen, wöchentlich zu einer Partie. Beide haben nach ihrer Vereinszeit als Tennislehrer angeheuert. Beide haben es unter die Top 300 der ATP-Liste geschafft. Beide sind zweimal geschieden. Beide kommen auf 3000 Euro im Monat. Beide fahren einen Porsche Boxter. Beide gewinnen die Turniere in ihren Clubs. Beide besitzen eine Dachgeschosswohnung. Beide haben das Gefühl, mit niemandem so gut über die alten Zeiten reden zu können. Hornicek und Prandl treffen sich auf Augenhöhe. Und sorgen dafür, dass es so bleibt.
Ihre Gespräche drehen sich um den Intellekt des Mats Wilander, den Frauenschwarm Stefan Edberg, die Katze Miloslav Mecier, der das Fischen dem Training vorzog, den verbissenen Ivan Lendl, Genie und Wahnsinn des John Mc Enroe, Jimmy Connors, der noch mit 40 konnte, den ewigen Verlierer Brad Gilbert, den Clown Henri Leconte und Sexfantasien mit Martina Navratilova.
Für heute Nachmittag hat sich Hornicek fix vorgenommen, auf 102:100 zu verkürzen. Dementsprechend aggressiv ist sein Spiel. 5:4, zweiter Satz, Aufschlag Hornicek. Da kein Platzsprecher vorhanden ist, flüstert sich Hornicek diesen selbst vor. In seinem Kopf spielt er das Finale in Roland Garros. »40:15. Ball de Match Hornicek.« Die Zuseher

skandieren: »Horni, Horni.« Sogar der Schiedsrichter wetzt nervös am Stuhl. Wird Hornicek das Tripple schaffen? Es ist das letzte Spiel seiner Karriere. Im Augenwinkel sieht er den Linienrichter, der ihm eine anfeuernde Faust schickt. Hornicek nickt entschlossen. Der erste Aufschlag landet auf der Netzkante. Enttäuschtes Raunen des französischen Publikums, das sich trotz des Heimvorteils des Gegners auf Horniceks Seite geschlagen hat. Der Linienrichter erhöht auf zwei Fäuste. Hornicek schlägt auf. Der Ball landet im äußeren rechten Eck. Prandl hat Mühe, den Aufschlag zu retournieren. Hornicek stürmt ans Netz. Ein kurzer Blick nach rechts. Angelika, die mit dem Arschloch Fauser flirtet. Hornicek bleibt stehen. Ein schwacher Volley in die Mitte des Platzes. Er will ihnen etwas zurufen – Prandl, der in vollem Lauf ausholt. Hornicek spürt nur noch einen harten Schlag gegen die Schläfe, bevor er bewusstlos zu Boden sinkt.

Der Lebensfilm, der vor Horniceks Augen abläuft, hat Längen und kein befriedigendes Ende. Die wortkarge Jugend in Vösendorf. Betrunkene Autofahrten nach Discobesuchen. Sein ehrgeiziger Vater, der beim Wirten über Tennis doziert. Der Motorradunfall. Der eingegipste Oberkörper. Die weinende Mutter. Und der Vater, dem die Hand auskommt, bevor er sagt: »Weißt du überhaupt, was für ein Glück du gehabt hast?« Dann klebt er ihm noch eine.
Die Mädchen, die ihn und Prandl zu den Turnieren begleiten. Die Rückfahrten, die meistens auf abgelegenen Waldwegen unterbrochen werden. Ob Gerda das Kind wirklich bekommen hat? Er brachte Prandl dazu, ebenfalls mit Gerda

zu schlafen, damit er *in der Sache nicht allein dastand.* Kurze Zeit später zog sie mit ihren Eltern nach Passau. Sie hatten von Gerda seitdem nichts mehr gehört.

Als Hornicek auf dem Tennisplatz aufwacht, sind alle verschwunden. Sein Kopf schmerzt dumpf. Es durchdringt ihn das Gefühl, nicht mehr dazuzugehören. Die Sonne geht gerade unter. Und die roten Sandplätze sind mit Laub bedeckt. Die Netze sind abgehängt und über die Kantinentische grüne Plastiklaken gespannt. Es weht ein eisiger Wind. Hornicek trägt einen dicken Trainingsanzug. Draußen wartet ein Taxi. Der Fahrer fragt ihn nach seinem Namen. Er nickt und fährt los.

Die Stadt ist menschenleer. Das Auto fährt mit enormer Geschwindigkeit, obwohl es sich anfühlt, als würde es ruhig über die Straßen gleiten. Der Fahrer, der ihn an seinen Vater erinnert, sitzt regungslos am Steuer und starrt geradeaus. Obwohl er nicht lenkt, folgt das Auto dem Verlauf der Straße. Aus dem Radio tönt leise Sambamusik. Und als der Wagen ohne Rückstoß stehen bleibt, dreht sich der Fahrer um und sagt: »Toi toi toi, Herr Hornicek.« Die Tür geht auf und Hornicek steht am Fuß eines Glasturms, in dessen Eingang bereits jemand die Tür aufhält. Hornicek muss die hundert Meter selbst gehen. Er kann seine eigenen Schritte nicht hören. Der Mann, der eine graue Uniform trägt, nickt ihm zu, bevor er hinter Hornicek die Tür schließt.

An der Rezeption sitzt eine blonde Frau, die einen Telefonhörer in der Hand hält. Ihr Blick ist auf Hornicek gerichtet. Als er vor ihr steht, lässt sie den Hörer wortlos in die Gabel sinken. »Man wartet bereits auf Sie.«

Die junge Dame hat eine sehr angenehme Stimme, die aber klingt, als spräche sie durch einen Telefonhörer. Sie lächelt freundlich und deutet ihm, auf dem Ledersofa Platz zu nehmen. Hornicek folgt der Anweisung und beobachtet im Augenwinkel, wie sie den Hörer wieder ans Ohr hält und schweigt. Es ist Nacht, als die Empfangsdame aufsteht, um auf ihn zuzugehen.

»Es ist soweit.«

Hornicek folgt ihr schweigend. Als sie im Aufzug stehen, bemerkt er, dass es aus ihrem Nacken nach verbrannten Kabeln riecht. In Stock 34 bleibt der Aufzug ruckartig stehen. Hornicek steigt aus und als er sich umdreht, schließt sich die Tür vor dem Gesicht der Empfangsdame. Er ist allein. Am Beginn des Ganges steht ein Holzsessel. Die Tür öffnet sich genau im Moment, als er sich hinsetzen will.

»Heinz Hornicek, da sind Sie ja endlich!«

In der Tür wartet ein Mann, der ihn frappant an Martaler erinnert. Nur dünner, jünger, gepflegter, reicher, belesener.

»Setzen Sie sich.«

Hornicek nimmt Platz und starrt aus dem Panoramafenster auf die nächtliche Stadt. Kein einziges Auto bewegt sich auf den Straßen.

»Was führt Sie zu mir?«

Das Prandl-Lookalike lehnt sich zurück und schwenkt vergnügt sein Cognacglas. Hornicek sieht gleichgültig aus dem Fenster und zuckt die Achseln.

»Ich kann es Ihnen sagen«, erlöst ihn Martaler.

»Sie sind gekommen, um sich Ihr neues Talent abzuholen!« Er sagt das, als hätte er im Lotto gewonnen.

»Und welches Talent ist das?«

Martaler lehnt sich kumpelhaft nach vor.

»Sie können sich eines aussuchen.«

Dann lächelt er wie ein Autoverkäufer, der gerade eine Sonderausstattung verkauft hat.

»Aha.«

»Freuen Sie sich denn gar nicht?«

»Doch. Aber ich muss überlegen.«

»Keine Frage.«

Er schnippt mit den Fingern.

»Sie haben 30 Sekunden Zeit.«

Hornicek schließt die Augen.

Ich will mit allen Frauen vögeln.

Ich will wie Falco sein.

Ich will noch einmal von Neuem anfangen.

Ich will reich sein.

Ich will wissen, was ich will.

»Ich will, dass alle meine Wünsche in Erfüllung gehen.«

Martaler schnippt erneut mit den Fingern.

»Wünsche zweiter Ordnung sind leider nicht möglich.«

»Was sind Wünsche zweiter Ordnung?«

»Wünsche nach mehr Wünschen, Wünsche nach Änderung des Wunschtyps, Wünsche zur Aufhebung von Wünschen. Zu den Wünschen zweiter Ordnung gehören alle Wünsche, die hinsichtlich eines Wunsches selbstbezügliche Eigenschaften haben oder einen Wunsch zum Inhalt haben, also Wünsche auf einer höheren Ebene sind.«

Horniceks ausdrucksloses Gesicht. Er versucht Martaler zu verstehen.

»Also, was ist Ihr Wunsch?«

»Ich will in die Zukunft sehen können.«

Etwas Besseres war ihm beim Anblick von Martaler nicht eingefallen.

»Sind Sie sicher?«

Hornicek nickt und hofft gleichzeitig, jetzt nicht unheimlich großen Mist zu bauen.

»Gut, dann unterschreiben Sie das.«

Martaler legt ihm einen zwanzigseitigen Vertrag hin.

»Was steht da drin?«

»Im Wesentlichen, dass wir keine Haftung für die Folgen übernehmen, dass kein Recht auf Rückführung besteht und dass Sie uns mit dem Ableben Ihre Seele überlassen.«

Hornicek überlegt.

»Den letzten Punkt kann man nicht ändern?«

»Nein, es handelt sich um Standardverträge.«

»Ich bin Atheist.«

»Na, dann kann Ihnen dieser Punkt ohnehin egal sein.«

Hornicek überprüft noch einmal seinen religiösen Standpunkt, schließt aber die Existenz einer Seele grundsätzlich aus. Martaler hält ihm den Stift hin. Ohne zu zögern unterschreibt er. Dann schnippt Martaler erneut und Hornicek wacht auf.

»Können Sie mich hören?«

Eine verschwommene Krankenschwester beugt sich über Horniceks Gesicht. Sie riecht nach altem Schweiß.

»Wie heißen Sie?«

»Heinz Hornicek.«

»Sehr gut. Beruf?«

»Tennislehrer.«

»Können Sie etwas spüren?«

»Ich habe Kopfweh.«

Dann verschwindet die verschwommene Krankenschwester und sein Vater taucht auf. Als dieser die Hand hebt, wird er scharf.

»Papa.«

Er senkt die Hand und sieht ihn mit seinen schmalen, gefühlsarmen, niederösterreichischen Schweinsaugen an.

»Sind Sie sicher, dass es keine bleibenden Schäden gibt?«

Neben dem Vater erscheint ein Arzt, der mit einer routinierten Handbewegung Horniceks Augen schließt.

»Das wäre sehr unwahrscheinlich. Ihr Sohn hat eine schwere Gehirnerschütterung, aber er wird ganz der Alte bleiben.«

»Verstehe«, sagt der Vater enttäuscht.

Dann schläft Hornicek wieder ein.

In seinem Traum dringt er in das Astrovox-Studio ein. Martaler schießt vor Schreck auf. Er hat ihn gleich erkannt.

»Damit hast du nicht gerechnet, du Dilettant. Stell mir einen deiner schwachsinnigen Kunden durch. Na, los!«

Martaler weicht zur Seite.

»Was soll das?«

»Wenn du in die Zukunft sehen könntest, wüsstest du es.«

»Das wäre unseriös. Ich bin Profi.«

»Profi im Abzocken vielleicht. Die Menschen da draußen haben ein Anrecht auf Wahrheit. Hornicek kann für euch in die Zukunft sehen. Also ruft an!«

Martaler reicht ihm perplex die Karten.

»Die brauche ich nicht. Wer ist in der Leitung?«

»Ja, hallo, hier spricht die Verena.«

»Verena! Sagen Sie nichts. Sie werden weiterhin als Sekretärin von diesem Arschloch arbeiten. Er wird Sie noch ein Jahr lang vögeln und dann wird er sich eine Jüngere suchen. Eine Woche später diagnostiziert man bei Ihnen unheilbaren Krebs. Sie hätten die Affäre nicht Ihrem Mann beichten sollen. Denn es heißt: Sie werden einsam sterben. Tut mir leid, Verena, aber so sieht es aus!«

In das Freizeichen mischt sich noch das Schluchzen von Verena.

»Der Nächste bitte!«

»Hier ist Thomas.«

»Thomas. Bei Ihnen sehe ich weder große Katastrophen noch große Höhepunkte. Ihr Leben bleibt so langweilig wie es ist. Sie werden mit 62 an einem Herzinfarkt sterben, weil Sie Ihr ganzes Leben aus purer Langeweile geraucht haben.«

»Was ist mit meiner Frau?«

»Die kommt nicht mehr zurück. Der Nächste bitte.«

Der Aufnahmeleiter deutet ihm, dass keiner mehr in der Leitung wartet.

»Was soll das? Rufen Sie an! Heinz Hornicek sagt Ihnen die echte Zukunft voraus!«

»So wird das nichts.«

Hornicek schnauft Martaler ins Gesicht.

»Was willst du noch hier, du Betrüger!«

»Hören Sie, Hornicek, Sie haben keine Ahnung vom Geschäft. Die Leute wollen diese Dinge nicht hören. Sie vergrämen die Kundschaft mit Hiobsbotschaften!«

»Ja, die Wahrheit kann unangenehm sein.«

»Gehen Sie jetzt, sonst verklage ich Sie wegen Geschäftsschädigung.«

Von hinten fasst ihn eine Hand und zieht ihn zu sich. Es riecht nach altem Schweiß.

»Schwester?!«

»Guten Morgen. Ich wechsle nur Ihre Bettwäsche.«

Die Schwester steht gestochen scharf vor ihm.

»Die Unschärfe hat Ihnen besser gestanden.«

»Was?«

»Nichts. Ich bin noch benommen.«

»Stehen Sie auf. Das wird Ihnen guttun.«

Die unsanfte Schwester schiebt ihn zur Seite. Hornicek greift sich an den Kopf.

»Schmerzen?«

»Ja. Achtung!«

Sein Blick fällt auf die Lampe am Nachtkästchen.

»Was?«, sagt die Schwester.

Dann fällt sie um.

Sie wirft ihm einen erstaunten Blick zu.

»Sind Sie Hellseher oder was?«

Er sieht sie an. Er versucht, sich auf ihr Gesicht zu konzentrieren. Ihre rotspeckigen Backen, die kleinen Äderchen auf der Nase, die vom Alkohol zerronnenen Augen.

»Von Zukunft keine Spur«, flüstert er.

»Was?«

»Nein, ich kann nicht in die Zukunft sehen. Zumindest nicht in die Ihre.«

»Ich glaube, es ist besser, Sie legen sich wieder hin.«

»Ja.«

Wie konnte er nur glauben, der Traum würde tatsächlich in Erfüllung gehen. Alles, was er sich wünscht, ist, dass diese verdammten Kopfschmerzen aufhören.

Die Frau wird ihren Schirm ausschütteln.

Das Kind wird gleich grundlos schreien.

Achtung: Ein dunkelblaues Cabriolet mit zerrissenem Verdeck bremst sich ein.

Der Augustinverkäufer springt zur Seite.

Hornicek hätte ihn nicht mehr rechtzeitig erreicht.

Von hinten kommt gleich ein Bus.

21

22

23

Der Bus.

Er wird die Station passieren, weil niemand wartet.

21

22

23

Gleich wird ein junger Mann ums Eck laufen.

Er wird den Bus nicht mehr erreichen.

Hornicek wird stehen bleiben, weil

21

22

23

sein Telefon läutet.

»Angelika!«

Gut, das hätte er auch vom Display ablesen können.

»Macht nichts, dann nächste Woche.«

»Woher wusstest du, was ich sagen wollte?«

»Intuition.«

»Du wirst mir unheimlich, Horni. Seit du im Spital warst, bist du so …«

»Gelassen?«

»Nein, überheblich.«

Hornicek wandert durch sein Leben wie durch einen Film, den er bereits kennt. Er hat beschlossen, so lange mit niemandem darüber zu reden, bis er sich Klarheit verschafft hat. Die hat er jetzt. Das erste Mal seit 18 Jahren trifft er Prandl abseits des Tennisplatzes.

»Es ist wichtig«, hat er gesagt, und »nein, ich kann nicht am Telefon darüber sprechen.«

Hornicek wartet vor der Tür des Cafés, weil sich gleich eine Dame mit Hund durch diese zwängen wird.

»Ich kann in die Zukunft sehen, Gerhard.«

»Aha, seit wann?«

»Seit diesem Unfall.«

»Aha. Und was wird als Nächstes passieren?«

Hornicek sieht sich um.

»Nichts.«

»Aha.«

»Gleich kommt der Kaffee.«

21

22

23

Der Kellner bringt den Kaffee.

»Ich bin beeindruckt«, sagt Gerhard.

»Du glaubst mir nicht.«

»Wie wird mein Leben mit 50 sein?«

Gerhard hebt die Tasse zu seinem Mund.

»Achtung. Heiß.«

Gerhard nimmt einen Schluck.

»Ahhh. Das darf doch nicht wahr sein.«

»Doch. Aber es gibt ein Problem.«

Gerhard stellt die Tasse verärgert auf den Unterteller zurück.

»Und was soll das sein?«

»Es sind nur drei Sekunden.«

»Was?«

»Ich kann nur drei Sekunden in die Zukunft sehen.«

»Aha. Das ist nicht viel. Und du bist dir sicher, dass es so ist?«

»Ja. Telefon.«

21

22

23

Das Telefon des Tischnachbarn läutet.

»Aha.«

»Ich habe es genau ausgetestet. Es sind exakt drei Sekunden.«

»Und was macht man damit?«

»Nichts. Ich kann weder reich werden noch die Welt retten.«

Gerhard überlegt ungefähr 30 Sekunden.

»Roulette?«

»Nein.«

»Black Jack?«

»Nein. Ich kann nicht mal in *Wetten, dass..?* auftreten.«

»Tennis.«

»In meinem Alter nützen mir die drei Sekunden auch nichts mehr.«

»Du könntest beim Geheimdienst anheuern.«

»In Österreich?«

»Und warum erzählst du mir das?«

»Weil du mein Freund bist.«

»Aha.«

»Gerhard, ich leide darunter. Wenn es wenigstens 10 Sekunden wären. Aber drei sind mehr Behinderung als Nutzen.«

»Wenn das stimmt, dann bedeutet das etwas.«

»Und was?«

»Dass es das Schicksal wirklich gibt.«

»Und?«

»Kannst du das Geschehen eigentlich verändern?«

»Klar.«

Gerhard sitzt mit starrer Miene da. Er muss sich konzentrieren. Kurz bevor er droht, ohnmächtig zu werden, sagt er:

»Das ist unlogisch.«

»Oder das Schicksal gibt es eben nicht.«

»Das ist genauso unlogisch.«

»Na, vielleicht ist die Logik ja unlogisch.«

»Das wäre dann komplett unlogisch.«

»Ich sehe schon, du kannst mir nicht helfen.«

»Nein, ich muss nachdenken.«

Gerhard steht auf und verschwindet in der Toilette. Als er zurückkommt, bleibt er stehen und sagt:

»Du musst auf jeden Fall etwas dagegen tun.«

»Wieso?«

»Ich habe auch in die Zukunft gesehen. Und die sieht düster für dich aus. Ab jetzt wirst du beim Tennis immer gegen mich gewinnen. Was unsere Freundschaft zunehmend belasten wird. Unser Kontakt wird seltener, weil er nicht mehr am Platz stattfindet. Unabhängig vom Tennis haben wir uns wenig zu sagen. Außerdem wirst du mit deinem Talent nicht hinterm Berg halten können. Das entspricht nicht deinem Naturell. Du wirst deine Umgebung ständig damit nerven. Man wird dich einen Klugscheißer heißen und nichts mehr mit dir zu tun haben wollen. Du wirst dich allein mit deinem Talent langweilen. Früher oder später wirst du in schwere Depressionen verfallen. Das Letzte, was du vorhersehen wirst, ist der Aufprall auf dem harten Wasser, wenn du von der Brücke springst.«

»Brücke?«

»Vergiften wäre dir zu feminin. Erschießen zu riskant. Für Erhängen bist du zu feig. Und deinen Porsche gegen die Wand zu fahren, bringst du nicht. Also Brücke.«

Drei Monate später: Prandls Prognosen sind alle eingetroffen. Angelika war die Erste. Sie sagte, dass er jetzt noch lächerlicher wäre als früher, weil ihm der liebenswerte Teil der Lächerlichkeit fehlte. Hornicek fand das ein wenig ungelenk formuliert. Aber schließlich war er auch Tennislehrer und kein Germanist. Er zeigte sich einsichtig und deutete auf die Schuhe, bevor sie noch danach fragen konnte. Im Club hatte man ihm gekündigt, weil es die Kundschaft nervte, vorschnell kritisiert zu werden. Es fiel ihm zunehmend schwerer, Fehlverhalten zu akzeptieren. Seine Umwelt kam ihm stümperhaft und lethargisch vor. Woraus er den Schluss zog, ausschließlich von Idioten umgeben zu sein. Er tat dies auch immer öfter kund. Nach drei Monaten war sein Vater der Einzige, der ihm noch blieb. Dies hatte zwei Gründe. Erstens drohte er seinem Sohn bei jedem Anflug von Hochmut mit Prügel. Zweitens glaubte er fix an ein Comeback im Tenniszirkus.

»Noch zwei Monate, dann legen wir los.«

Poldi Hornicek steht täglich zwei Stunden am Platz. Doch die Fortschritte sind überschaubar. Sein Sohn ist faul, langsam und unwillig.

»So wird das nix, Heinz. Willst du nach Wimbledon oder nicht?«

Hornicek weicht der erhobenen Hand des Vaters aus und sagt:

»Die Frage ist doch nur, ob du willst. Um mich ist es dabei noch nie gegangen.«

»Jetzt sei gescheit, Bub. Siehst du nicht, dass du eine reale Chance hast, ein ganz Großer zu werden?«

»Ach was, wir blamieren uns in Grund und Boden!«

»Nicht, wenn wir mehr trainieren. Du bist noch zu langsam.«

»Ich bin auch keine 20 mehr.«

»Aber du hast ein Talent!«

»Und wohin hat mich das gebracht? Zurück nach Vösendorf. Ich will, dass es weggeht.«

»Und ich will, dass es mehr wird. Drei Sekunden reichen nie. Ich spreche noch heute mit Doktor Leipzig.«

»Der lebt noch?«

Doktor Leipzig muss inzwischen Ende 90 sein. Obwohl ihm schon vor längerer Zeit ein Berufsverbot der Ärztekammer auferlegt wurde, praktiziert er noch für seine Stammkundschaft, die auf ihn schwört wie Horniceks Großmutter auf die Allheilwirkung von Brennnesseltee. Das Interieur der Praxis wurde seit dem Zweiten Weltkrieg kaum noch verändert. An der Wand hängt ein Porträt von Bundespräsident Theodor Körner. Und ein Werbeplakat preist den ersten Masernimpfstoff an. Nur die Sprechhilfe ist erstaunlich jung.

»Ich bin die Urenkelin. Sie haben Glück. Heute ist ein guter Tag. Sein konvulsivisches Zittern ist kaum merkbar. Bitte, kommen Sie weiter.«

Der Gang ist so eng, dass die drei hintereinander gehen müssen. Hornicek starrt auf den knochigen Po von Fräulein Leipzig. Ihr Hinken, das linke Bein ist länger als das rechte, wirkt durch die hohen Stöckelschuhe klobiger als sonst. Dementsprechend langsam kommt die Reihe voran. Hornicek erschrickt drei Sekunden bevor Fräulein Leipzig die Tür öffnet.

»In diesem Fall zählt die Erfahrung, Heinz. Und sein Kopf funktioniert wie der eines Zwanzigjährigen.«

Doktor Leipzig sitzt an seinem Schreibtisch und ringt nach Luft. Das Zittern seiner Hände ermöglicht ihm nicht, die Sauerstoffmaske zu seinem Mund zu führen. Meistens trifft er nicht mal das Gesicht. Fräulein Leipzig läuft in Schieflage hin und stülpt ihm das Gerät über die Nase.

»Das war knapp. Bitte stellen Sie ihm nur einfache Fragen, die er in knappen Sätzen beantworten kann. Länger als zehn Sekunden hält er ohne das Gerät nicht durch. Danke.«

Fräulein Leipzig humpelt hinaus und der Doktor begrüßt die Anwesenden wortlos mit zittrig hochgeschlagener Hand.

»Wir wollen Ihre kostbare Zeit nicht stehlen, Herr Doktor, also kommen wir gleich zur Sache.«

Vater Hornicek erzählt Doktor Leipzig die gesamte Krankengeschichte des Sohnes. Er schmückt diese mit peinlichen Familienanekdoten aus. Und fügt noch seine eigenen Leiden hinzu.

»Sind Sie noch bei uns, Doktor?«

Doktor Leipzig wird von einem elektrischen Schlag durchflutet. Die Sauerstoffmaske kullert zu Boden.

»Da kann man schulmedizinisch wenig tun!«

Panisch versucht er sich die Maske zu krallen. Hornicek steckt sie ihm zurück ins Gesicht.

»Heißt das, es gibt keine Hoffnung?«

Der Doktor schüttelt den Kopf, während er panisch nach Luft ringt.

»Das habe ich nicht gesagt«, hebt er die Maske nur kurz.

Der Vater wird ungeduldig.

»Aber was haben Sie dann gesagt?«

Hornicek hält den Vater am Arm.

»Keine komplizierten Fragen, Vater. Was schlagen Sie vor?«

Der Doktor nickt akademisch.

»Schläge auf den Hinterkopf.«

»Dann würde es verschwinden?«, fragt der Sohn.

»Wäre es dann ausbaufähig?«, der Vater.

Der Doktor zuckt mit den Achseln und deutet auf den Schrank hinter sich.

»Was ist dort?«

»Vater! Bitte! Sollen wir ihn öffnen?«

Der Doktor nickt großräumig. Hornicek öffnet den Schrank und deutet auf einen abgewetzten Cricketschläger.

»Wozu brauchen Sie den?«

Der Doktor imitiert mit der Hand eine Schlagbewegung und zeigt mit dem Finger auf den Vater.

»Ich soll meinen Sohn schlagen? Ich weiß nicht, ob ich das kann.«

»Es wäre mir auch lieber, wenn ich das selbst übernehme.«

Leipzig zieht die Maske kurz vom Gesicht und schreit: »Fest!«

»Dann ist es vielleicht doch besser, wenn ich das mache«, meint Vater Hornicek.

Hornicek steht gebückt vor dem Liegebett. Doktor Leipzig hebt die Hand zu einer olympischen Eröffnungsgeste. Ungewohnt zögerlich holt der Vater aus.

»Pass auf, dass du nicht im Gefängnis landest«, stöhnt der Sohn mit zugekniffenen Augen.

Der Vater wirft einen fragenden Blick zu Leipzig. Dann schlägt er zu.

»Ahhhh!«

Heinz greift sich an den Kopf.

»Und?«, fragt der Vater.

»Na was und?«

»Ist es besser?«

Hornicek konzentriert sich und wartet, bis etwas passiert. Als von draußen eine Klospülung ertönt, sagt er: »Wie gehabt, drei Sekunden.«

Leipzig reißt sich die Maske vom Gesicht und stöhnt:

»Fester!«

Vater Hornicek seufzt gequält. Heinz nimmt wieder Stellung ein. Dieses Mal zuckt der Doktor beim Geräusch des Aufpralls zusammen. Der Schmerz ist so stark, dass der Sohn erst zeitverzögert schreit. Vater Hornicek deutet dies als Zeichen, dass es funktioniert hat.

Stille. Sie warten, bis sich das Pochen im Hinterkopf beruhigt. Heinz starrt weggetreten in die Luft. Nach einem kaum wahrnehmbaren Hupgeräusch schüttelt er apathisch den Kopf.

»Fester!«, tönt es aus der kratzigen Lunge Leipzigs. Hornicek winkt ab, doch der Vater holt bereits aus. »Für Wimbledon, Bub! Komm! Einmal noch!« Widerwillig bückt sich Hornicek und schließt die Augen. Drei Sekunden vor dem Schlag weiß er, dass er den Schmerz nicht mehr spüren wird.

Als er zu sich kommt, riecht es wieder nach altem Schweiß. Die Krankenschwester lächelt ihn an. Das kann er trotz Unschärfe erkennen. Sie weiß alles. Doch neben dem allgegenwärtigen Schmerz findet die Scham keinen Platz. Der Vater starrt auf das debil sabbernde Gesicht des Sohnes und sagt: »Habe ich jetzt einen Trottel als Sohn?«

Der Arzt stellt ihm in Aussicht, dass das in den nächsten Tagen absehbar sein wird. Dann verliert Hornicek wieder das Bewusstsein und wacht erst am nächsten Morgen auf.

»Und?«

Die Mutter hält einen Rosenkranz in der Hand. Vater und Arzt starren mit grunzendem Blick.

»Kopfweh«, sagt Hornicek.

»Ja, aber sonst?«

»Sonst nichts.«

Der Vater schüttelt enttäuscht den Kopf und die Mutter wirft einen dankbaren Blick zum Himmel.

»Wohin willst du?«

Hornicek setzt sich auf und schiebt die glotzenden Gesichter zur Seite.

»Einfach weg.«

»Das können Sie nicht. Sie sind krank!«

»Ja, ihr macht mich krank!«

Er zieht sich im Eiltempo den Trainingsanzug an und verschwindet aus dem Spital.

»Zu Astrovox!«, befiehlt er dem Taxifahrer.

Als der Inder unsicher in sein Navigationssystem zu tippen beginnt, flucht Hornicek: »Mit V, nicht mit W!«

Vor dem Sender steht ein Security, der Hornicek aufhält.

»Tut mir leid, da können Sie nicht hinein.«

»Aha, ich nehme an, hier tauchen öfters wütende Kunden auf, die sich die vorhergesagte Zukunft anders vorgestellt haben.«

»Nein, eigentlich sind Sie der erste.«

»Sie missverstehen mich. Ich bin kein Kunde.«

»Was wollen Sie dann?«

»Ich habe einen Termin mit Herrn Martaler.«

»Hier arbeitet kein Herr mit diesem Namen.«

»Gut, dann mit Herrn Herwig.«

»Der hat gerade Sendung.«

»Ich kann ja in der Kantine auf ihn warten.«

Der Security überlegt. Im Prinzip weiß nicht mal er, warum

er hier arbeitet. In den zwei Jahren seit Gründung des Senders kam es zu keinem einzigen Zwischenfall.

»Von mir aus. Ich benachrichtige Herrn Herwig, dass Sie auf ihn warten.«

»Danke, sehr freundlich.«

Zwei Stunden lang lauscht Hornicek den Gesprächen in der Kantine. Die Schichtwahrsager monieren die schlechte Bezahlung, die mangelnde Qualifizierung von Kollegen und geben Schätzungen über den Jahresverdienst des Senderchefs ab. Sie plaudern die Macken ihrer Kundschaft aus und stellen Mutmaßungen zu möglichen Affären innerhalb der Belegschaft an. Als der Kellner Horniceks drittes Bier abserviert, blickt dieser auf, denn gleich kommt Martaler ums Eck.

21

22

»Hornicek! Ich nehme an, du willst dich entschuldigen.«

»Ähhhh.«

»Keine Angst – den aufgeschlitzten Rucksack zahle ich dir noch heim.«

Hornicek kann sich beim besten Willen nicht erinnern. Ist aber erleichtert, dass ihn Martaler am Telefon nicht erkannte.

»Ja, die Schulzeiten. Bist ja eine richtige Berühmtheit geworden.«

Horst Martaler lächelt milde. Beinahe täglich malt er sich ein Klassentreffen aus, bei dem ihn die ehemaligen Kollegen zum Klassensieger krönen. *Der Martaler hat's als Einziger geschafft. Wer hätte das gedacht. Meine Frau und ich schauen uns*

deine Sendung täglich an. Horst, kannst du mir die Hand lesen?
Ich träume nachts von dir. Auf Horst!

»Warum hat es eigentlich noch nie ein Klassentreffen gegeben?«, fragt Martaler.

»Willst du die ganzen Lemuren wirklich sehen?«

Martaler bestellt sich einen biologischen Apfelsaft.

»Es würde mich schon interessieren, was aus den anderen geworden ist.«

»Das hättest du ja schon damals wissen können, als Hellseher.«

»Ist auch nur ein Geschäft. Was treibst du?«

»Ich bin beim Tennis geblieben.«

»Profi?«

»Ich unterrichte.«

»Verstehe.«

Bereits nach drei Minuten entsteht das erste unüberwindbare Schweigen. Hornicek und Martaler hatten sich schon in der Schulzeit wenig zu sagen.

»Was führt dich eigentlich zu mir?«

Hornicek hat diese Frage kommen sehen.

»Ich habe ein Problem und du bist der Einzige, den ich kenne, der mir vielleicht helfen kann.«

»Wieso ich?«

»Weil du in die Zukunft sehen kannst.«

Martalers Gesicht verzieht sich zu einer bitteren Vorahnung.

»Ich mache keine privaten Termine. Du fragst ja einen Zahnarzt auch nicht auf der Straße, ob er dir in den Mund schauen kann.«

»Das ist von Josef Hader.«

»Stimmt. Aber es stimmt.«

»Ich will nicht, dass du in meine Zukunft schaust.«

»Dann bin ich erleichtert.«

»Aber die Zukunft ist mein Problem.«

»Das ist in den meisten Leben so.«

»Horst, ich kann in die Zukunft schauen. Und es macht mich wahnsinnig. Achtung.«

»Was ist?«

Der Kellner stolpert über Martalers wippendes Bein und schüttet der Wahrsagerin Milva Rotwein aufs Kleid.

»Siehst du?«

»Was?«

»Ich habe es vorhergesehen.«

»Ja und?«

»Ich kann in die Zukunft schauen. Aber eben nur drei Sekunden.«

Horst Martaler sieht Heinz Hornicek kopfschüttelnd an.

»Ganze drei Sekunden. Dann kannst du nicht bei uns anfangen.«

»Eben. Wie hast du es geschafft? Ich habe alles probiert. Es bleibt bei den drei Sekunden.«

»Naja, vielleicht liegt es daran, dass die Zukunft nicht länger als drei Sekunden vorherbestimmt ist.«

Hornicek sieht ihn ernst an.

»Das meinst du wirklich.«

Martaler lacht.

»Ja, das meine ich wirklich.«

DER FALL PROTTIWENSKY

Vielleicht sollte man erwähnen, dass es ausgerechnet die Melzer war, die den Prottiwensky in flagranti erwischte. Jene 70-jährige Maria Melzer, die, seit ihr Mann gestorben war, ständig vor dem Fenster stand und alles beobachtete. Als sie dem Prottiwensky auf die Schliche kam, »da ist ihr ganz anders geworden«, hatte sie der Polizei gesagt. Immerhin habe auch sie seine Dienste in Anspruch genommen. Damals – als ihr Mann, der Herr Melzer gestorben war. Vielleicht sollte man erwähnen, dass der Krematoriumsbetreiber Prottiwensky bis zu diesem Zeitpunkt ein unbeschriebenes Blatt war. »Ruhig, freundlich, unauffällig« hatte ihn selbst die Melzer der Polizei beschrieben. »Ein wenig verschroben vielleicht. Aber Sie wissen ja: Stille Wasser sind tief«, flüsterte sie dem Polizisten ins Ohr, »und man kann nie in einen Menschen hineinschauen.«
Vielleicht sollte man aber auch erwähnen, was die Melzer eigentlich sah an jenem Abend, als sie sich zitternd hinter ihrem Vorhang versteckte, um den Prottiwensky bei seinen schmutzigen Machenschaften zu beobachten. »In schwarze Müllsäcke hat er die Leichen gewickelt. Es müssen mindestens drei gewesen sein. Und dann hat er sie in seinem Garten vergraben. Immer wieder hat er sich umgesehen, ob

ihn keiner dabei beobachtet. Aber da hat er sich getäuscht, der Prottiwensky«, verkündete Frau Melzer nicht ohne Stolz. Auch erwähnenswert wäre die Tatsache, dass die Polizei daraufhin zweihunderteinundachtzig Leichen bei Prottiwensky fand. Hundertdreiundzwanzig hatte er im Garten vergraben. Sechsundsiebzig entdeckte man im Keller und achtunddreißig am Dachboden. Umgerechnet vierundvierzig fand man in Form von Händen, Füßen, Schädeln und zersägten Oberkörpern im gesamten Haus verteilt. Ja, sogar im Kühlschrank und in den Bücherregalen hatte sie Prottiwensky gelagert. Also man konnte wirklich nicht behaupten, es handelte sich bei ihm um einen kleinen Fisch. Und wie es in diesem Haus gerochen haben muss, kann man sich auch ungefähr ausmalen. Aber der Prottiwensky war ja nicht unbedingt einer, der viele Menschen zu sich nach Hause einlud.

Was wir natürlich keinesfalls vergessen dürfen zu erwähnen, ist, dass der Prottiwensky seelenruhig auf seine Verhaftung reagierte. Er leistete keinen Widerstand, sagte nur, er sei froh, weil er ohnehin nicht mehr gewusst hätte, wo er die nächste Fuhre Leichen hätte lagern sollen. Jetzt sei endlich alles vorbei. Und das Krematorium wird wahrscheinlich jemand anderer übernehmen. Jemand, der nicht zu geizig ist, ein wenig Geld in einen neuen Ofen zu investieren.

GOD

Sehr geehrter Dr. Brünster, lieber Georg,
zunächst möchte ich dir zu deiner Beförderung gratulieren. Ich denke, es ist eine schwierige, aber auch reizvolle Aufgabe, die da auf dich zukommt. Niemand kennt die Strukturen unseres Unternehmens besser als du. Und in Zeiten wie diesen ist jemand mit starken Nerven gefragt. Ich glaube, ich kann für alle Kollegen sprechen, wenn ich sage, dass eine Welle der Erleichterung durch unsere Abteilung ging, als wir erfuhren, dass du der neue Marketingchef von FILO wirst. Schließlich ist das Marketing in der augenblicklichen Misere am meisten gefordert – ja, um nicht zu sagen, lieber Georg, es liegt wieder einmal an uns, den Karren aus dem Dreck zu ziehen. Natürlich gibt es auch Stimmen, die meinen, das Marketing trüge die Schuld an den peinlichen Amnesty-International-Berichten oder an der Veröffentlichung der Fotos aus unseren chinesischen Herstellungszentren. Warum in diesem Zusammenhang nie jemand von der PR-Abteilung spricht, ist mir ein Rätsel.

Unabhängig davon ließen mich diese Tatsachen auch nachhaltig an der Umsetzung des Leitbilds zweifeln. Die großen Konzerne des 21. Jahrhunderts tragen nun mal eine moralische Verantwortung. Die weltweite Privatisierung betrifft nicht nur das Kapital, sondern auch die gesellschaftliche Verpflichtung. Das kann man nicht losgelöst voneinander betrachten – das ist meine Meinung und auch der Grund für mein Schreiben.

Denn seit bekannt wurde, unter welchen Umständen unsere Produkte in China erzeugt werden, denke ich darüber nach, mit welchem Marketingstreich man wohl die öffentliche Wahrnehmung unseres Unternehmens korrigieren könnte. Natürlich gibt es intern auch die Ansicht, dass wir nur Sportschuhe herstellen und solange diese billig genug sind, interessiert sich der Konsument nicht, wie und wo diese produziert werden. Ich bin mir aber sicher, dass wir hier die Ansicht teilen: Unser Logo ist beschmutzt worden und damit ein Image, nein: ein Weltbild. Schließlich haben wir jahrelang Assoziationen wie Fairness, Tugendhaftigkeit und globale Verbundenheit aufgebaut.

Es würde mich daher freuen, wenn du Zeit fändest, dir meine Vorschläge anzuhören. Ich will mich wirklich nicht in den Vordergrund drängen. Ich kann dir versichern, es geht mir um die Sache.

Dein Bernhard Schmidtleitner,
stellvertretender Leiter für direktes Marketing.

Lieber Bernhard Schmidtleitner,
vielen Dank für die Rosen, ich hoffe, ich werde deine Erwartungen nicht enttäuschen. Ich würde mich zwar freuen, mit dir über alte Zeiten zu plaudern, aber im Augenblick steht

mir das Wasser sprichwörtlich bis zum Hals. Wegen der Vorschläge darf ich dich bitten, sie an den Abteilungsleiter Fölschl weiterzuleiten. Bitte berufe dich dabei auf mich. Ich freue mich, wenn er sie mir beim nächsten Jour fixe präsentiert.

Vielen Dank für deinen Einsatz,
und auf bald.
Georg

PS: Hast du eigentlich noch Kontakt mit Steffie?

Lieber Georg,
ich verstehe, dass du im Augenblick keine Zeit hast, aber ich kann meine Idee wirklich nur unter vier Augen besprechen. Sie ist revolutionär, so viel kann ich verraten. Aber eben auch nicht ganz unheikel. Glaube mir, es zahlt sich aus.

Liebe Grüße
Bernd

PS: Steffie und ich sind seit 20 Jahren verheiratet. Ich hoffe, du bereust deinen Entschluss nicht.

Bernhard,
ich freue mich, dass es Steffie nach unserer Trennung so gut getroffen hat. Ich hatte sehr lange ein schlechtes Gewis-

sen und ich freue mich, dass sie jetzt glücklich ist. Vielleicht schaffen wir mal ein Abendessen zu dritt, das würde mich freuen.

In der anderen Sache wäre ich dir dankbar, wenn du mir nur ungefähr skizzieren könntest, um was es geht.

So long,

Georg

Lieber Georg,

schöne Grüße von Steffie. Im Anhang findest du ihre Nummer. Sie würde sich freuen, wenn du dich mal meldest.

In der Sache: Die Idee mag auf den ersten Blick ein wenig verrückt klingen, aber ich bin davon überzeugt, dass sie funktioniert.

Im Prinzip ist sie einfach. Im Augenblick wird die Marke FILO als globaler Missetäter wahrgenommen. Die Skandale der letzten Zeit haben dazu beigetragen, dass FILO Klischeebösewicht der Globalisierung wurde. Die gestrige Demonstration vor dem Headquarter in Chicago, wo man 20 000 Menschen zählte, entspricht dem Öffentlichkeitsbild, das im Augenblick herrscht. Wir sind der Feind. Wir sind der Kapitalist. Die Zahl unserer Gegner ist inzwischen so groß, dass man von einer eigenen Zielgruppe sprechen kann. Ein Markt, der bedient werden muss – und zwar am besten von uns.

Während Shell und Nike versuchen, in solchen Fällen zu kalmieren, indem sie NGOs alibihalber einbinden, liegt unsere Chance in einer offensiven Marketingstrategie, die diese Leute zu unseren Kunden macht. Ich hätte da eine Idee, wie das ginge.

Freue mich, von dir zu hören.

Bernd

Mein Lieber,

demografisch gesehen handelt es sich um eine sehr attraktive Zielgruppe. Sie sind jung, gebildet und halten sich selbst für kritisch. Sie sind bereit, für ihre Produkte viel Geld auszugeben. Und sie sind markenaffin. Blöd ist nur, dass sie sich so selten für eine Marke entscheiden. Und sie hassen uns. Sie würden auch nicht zu Starbucks gehen, wenn dieser eine Fair-Trade-Linie anbieten würde. Ich kann mir also beim besten Willen nicht vorstellen, wie das gehen soll. Ein bisschen konkreter bitte.

G.

Lieber Georg,

auf den internen Fotos von der vorgestrigen Demo habe ich bemerkt, dass jeder zweite der Demonstranten einen Nikeschuh trug. Da ich aber nicht glaube, dass uns Nike in Sachen Marketing voraus ist, nehme ich an, dass auch die sogenannten Globalisierungsgegner nicht an solchen Produkten vorbeikommen. Sie sind also genauso im System gefangen wie alle anderen auch – ergo: Man kann davon ausgehen, dass die Bereitschaft, eine ethisch vertretbare Marke zu konsumieren, vorhanden ist. Diese müsste wie folgt strukturiert sein:

Produktion und Vertrieb finden unter moralisch einwandfreien Bedingungen statt. Sprich: ein Kibbuzsystem, bei dem die Gewinne zwischen den aktiven Arbeitskräften fair aufgeteilt werden. Sie betragen außerdem nicht mehr als 10 %. Die Fabriken, die von Umweltorganisationen geprüft wurden, befinden sich in den Städten, wo die Ware verkauft wird. Auch die Rohstoffe bedürfen keines Transportes.

Die Preisgestaltung orientiert sich an der Billigware. Kein Schuh kostet über 50 Euro. Die Materialien sind recycelbar. Für jeden zurückgebrachten Schuh bekommt der Kunde einen Rabatt. Basisdemokratische Ausrichtung, systemimmanente Qualitätssicherung und transparentes Controlling bezüglich moralischer Werte als Konzept. Und natürlich eine Markeneinführung, wie sie die Welt noch nicht gesehen hat. Dieser Schuh muss ein Statement sein, Georg!

Bernd.

PS: Hat dich Steffie erreicht?

Bernd,
Steffie hat mich erreicht, wir treffen uns morgen zum Essen. Danke.
Bernd, das ist ja alles gut und schön, aber wie sollen wir soetwas glaubwürdig einführen? Abgesehen von den kalkulatorischen Unmöglichkeiten. 10 % ist Wahnsinn. Wir haben alle Familie.
G.

Lieber Georg,

wie immer macht es die Masse aus. Steffie hat mir erzählt, dass ihr den ganzen Nachmittag über alte Zeiten gesprochen habt. Freut mich, dass ihr euch so gut versteht, nach all dem, was vorgefallen ist.

Natürlich kann man diese neue Marke glaubwürdig einführen – denn niemand braucht zu wissen, dass wir dahinterstecken. Ich habe da eine recht aufwendige Idee, die auf den ersten Blick vielleicht nicht umsetzbar klingt.

Georg, halte mich nicht für verrückt, aber wir sprengen unser Headquarter in die Luft. Natürlich soll dabei niemand zu Schaden kommen. Das Ganze findet in der Nacht statt. Ein humaner Terrorakt, der ein Zeichen setzen will. Die RAF hätte vermutlich vom Schweinesystem gesprochen. Lass es uns eine antiaffirmative Marketingstrategie nennen. Schließlich sind wir ja selbst die Initiatoren. Die Welt da draußen soll aber glauben, dass die Globalisierungsgegner dahinterstecken. Absender des Attentates, das natürlich optisch eindrucksvoll von unseren Überwachungskameras festgehalten wurde, ist eine unbekannte Gruppe, die mit einem noch zu gestaltenden Logo hantiert. Das Logo ist die Botschaft, Georg. Am nächsten Tag fliegt gleich das nächste Büro von FILO in die Luft. Wieder das Logo. Die Welt rätselt. Es bilden sich zwei Lager: Jene, die sich mit FILO solidarisieren, und jene, die dieser schweigenden Revolution etwas abgewinnen. Sie fragen sich: Wie kann ich beitreten? Was kann ich tun? Wie von Zauberhand taucht ein Produkt auf, das dieses Logo trägt. Ein Schuh, der für eine neue Haltung steht. Ein Schuh, der das kapitalistische System verändert. Durch den Kauf dieses Schuhs werden sie Teil der Revolution!

Niemand wird je davon erfahren, dass FILO dahintersteckt. Die vordergründigen Produzenten der Schuhe haben nachweislich nichts mit den Attentaten zu tun. Ein Mythos! Der Beginn eines neuen Zeitalters. Große Veränderungen brauchen große Taten, du weißt.

Bernd

Mein Lieber,

ich glaube, in der Zwischenzeit hat Steffie mit dir geredet. Es tut mir leid, wir wollten beide nicht, dass es so weit kommt. Aber wir können nichts für unsere Gefühle. Ich hoffe, du kannst mir irgendwann verzeihen.

In anderer Sache nehme ich an, dass es sich um einen Scherz handelt.

Dein Georg

Georg!

Lass uns Privates und Berufliches trennen.

Privat gesehen bist du ein Arschloch und wenn du mir endlich einen Termin gibst, kann ich dich auch dafür verprügeln. Beruflich möchte ich nur sagen, dass ich bereits mit einem befreundeten Sprengstoffexperten gesprochen habe und er hält es für durchführbar. Auch die ersten Layouts für Logo und Schuh sind heute eingetroffen. Die Sache wird greifbar, Georg. Wir müssen uns sehen!

Lieber Bernd,

ich habe mir heute überlegt, unsere Konversation an die Polizei weiterzuleiten, habe aber davon Abstand genommen, weil wir uns so lange kennen. Deshalb appelliere ich auf diesem Wege, dir die Sache aus dem Kopf zu schlagen. Es ist verrückt und krank. Und niemand würde soetwas jemals andenken. Wir sind doch keine Terroristen. Steffie und ich haben über die Sache geredet und wir finden beide, du solltest ärztliche Hilfe aufsuchen. Die letzten Tage waren bestimmt sehr hart für dich. Und wir verstehen deine Aufregung. Du musst jetzt wieder klar sehen. Du brauchst jemanden, der dir hilft. Bitte hör auf, Steffie anzurufen. Sie wird erst wieder mit dir reden, wenn du einen Therapeuten aufsuchst.

Komm zu dir, Bernd!

In Freundschaft,

Georg

Steffie!

ich liebe dich. Da du meine Anrufe ignorierst, versuche ich es auf diesem Weg. In anderer Sache: Georg, du hast 48 Stunden Zeit, um in das Unternehmen einzusteigen. Ich glaube, das ist fair und du hattest dann deine Chance. Danach können wir leider keine Angebote mehr akzeptieren.

B.

Lieber Georg,

leider muss ich dir mitteilen, dass wir ab jetzt keine Angebote mehr annehmen können. Es würde mich aber freuen, wenn wir euch die ersten Schuhe schicken dürfen. Schließlich habt auch ihr Anteil an der Erfolgsgeschichte von GOD. Bitte lass mir deine Schuhgröße zukommen. Steffie hat 38, wenn ich mich recht erinnere, vielleicht könntest du das für mich abklären. Ihr seid damit stolze Besitzer der ersten Auflage. In ein paar Jahren wird man ein Vermögen dafür zahlen.

GOD is GOOD

Wie findest du den Slogan?

Bernd!

Die Schuhgröße ist 43. Steffie hätte lieber 37 statt 38. Die Polizei war heute in deiner Wohnung und hat diese leer aufgefunden. Bernd! Bitte komm zur Vernunft. Es hat keinen Sinn. Ich hätte nächsten Dienstag Zeit. Ich erwarte dich in meinem Büro!

Georg

PS: Der Slogan ist zu banal. Was hältst du von: GOD is GOD?

Lieber Georg,

wie du den Zeitungen bestimmt entnommen hast, war die Aktion ein voller Erfolg. Du wirst verstehen, dass ich den Termin nicht wahrnehmen kann. Es gibt jetzt allerhand zu tun. Danke für deinen Input. Ich werde den Slogan mit deinem Einverständnis gerne übernehmen. Im Augenblick können wir jeden Cent brauchen, aber bei erster Gelegenheit werde ich dich selbstverständlich auch monetär entschädigen. Darf ich dir inzwischen ein zweites Paar Schuhe zukommen lassen? Wie gefällt dir das Design? Steffie findet es bestimmt zu schrill.

GOD is GOD

Bernd

Lieber Bernd,
der Schuh ist hässlich und niemand wird ihn kaufen. Die Menschen solidarisieren sich mit FILO. Die Absätze sind phänomenal. Nike will klagen. Bernd! Stell dich der Polizei. Es ist nur eine Frage der Zeit, bis sie dich finden! Du kannst den Schuh nicht produzieren. Jeder weiß, dass du dahintersteckst. Die Sache ist absurd.

Lieber Georg,
Teheran ist heiß, aber man behandelt uns gut. Man unterstützt unsere Sache und in Kürze werfen wir die ersten Schuhe auf den Markt. Das amerikanische Embargo wird uns nicht hindern. Im Gegenteil: Die illegalen Bestellungen liegen im siebenstelligen Bereich. Die Produktion ist hier in guten Händen und man hat uns versichert, dass nach unseren Vorstellungen gearbeitet wird. Bereust du schon, nicht eingestiegen zu sein? Du musst zugeben, dass du deine Chance hattest. Sag Steffie, dass ich über das Gröbste hinweg bin. Ich würde mich über ihren Besuch freuen.

Dein Bernd

Bernd,

Steffie lässt dir ausrichten, dass sie nicht kommen wird. War es wirklich in deinem Sinn, eine weltweite Krise auszulösen? Die Fotos des Dinners mit Castro waren sehr beeindruckend. Wie ist Fidel privat? Nächsten Mittwoch ginge es bei mir.

Liebe Grüße

Georg

Lieber Georg,

der gute Fidel wird es nicht mehr lange machen. Es war ein Glück, den alten großen Mann noch persönlich kennengelernt zu haben. Wir haben einen sensationellen Deal abgeschlossen, über den ich aber noch nicht reden darf. Sag Steffie, Kuba ist noch schöner, als sie sich immer vorgestellt hat. Schade, dass sie nicht dabei war.

So schön der internationale Erfolg ist, aber die Tatsache, dass wir an keinem Ort länger als 24 Stunden bleiben können, macht mir langsam zu schaffen. Die Geheimdienste kleben uns an den Fersen. Gestern habe ich der CIA einen signierten Schuh hinterlassen. Ich bin froh, wenigstens meinen Humor nicht verloren zu haben.

Ein müder Bernd

Lieber Bernd,

Steffie lässt fragen, ob du ihr vielleicht ein Autogramm von Osama Bin Laden organisieren könntest. Sonst ist hier alles

beim Alten. FILO fehlt mir. Ich muss mich an den Müßiggang erst gewöhnen. Irgendetwas wird schon kommen.
Georg

Lieber Georg,
das tut mir leid zu hören. Aber du musst solche Phasen positiv sehen. Du hast jetzt Zeit, dich neu zu orientieren. Hier in Teheran könnten sie eine Surfschule brauchen. Denk mal darüber nach.

Lieber Bernd,
ich weiß, es ist einigermaßen seltsam, einem Toten zu schreiben. Aber ich wollte dich auf diesem Weg wissen lassen, dass es mir sehr leidgetan hat, von deiner Hinrichtung zu hören. Aber das ist das alte Problem mit der Weitergabe von Know-how. Auch bei FILO war es nur eine Frage der Zeit, bis die Chinesen ohne uns produzierten. Bernd, wenn du das liest: Sei nicht traurig, du hast eine Menge erreicht. Ich halte die Schuhe, die du mir geschickt hast, in Ehren. Respekt, Bernd.
Dein Georg
PS: Vielleicht hätte ich dir den Slogan nicht vorschlagen sollen.

DAS PARADIES

Die Wohnung meiner Großeltern war still. Denn Großvater schlief und da hatte das Haus zu schweigen. Da hatte man das Atmen einzustellen. Da machte die Welt Pause. Ja, sogar die Erde hielt inne, um seinen wohlverdienten Schlaf nicht zu stören. Wann ein Schlaf verdient ist und wann nicht, konnte ich schon damals nicht verstehen. Schließlich konnte das keine Kategorie für faktische Müdigkeit sein. Auf jeden Fall war der Schlaf meines Großvaters immer verdient, so wie der Urlaub meiner Eltern immer verdient war. Nur meine Generation hatte sich noch um nichts verdient gemacht. Und während alle Verdienten schliefen, schlich ich mich in das winzige Wohnzimmer eines typischen niederösterreichischen Vororts und setzte mich davor. The Golden Trees. Ein goldener Herbstwald, der unter gleißendem Sonnenlicht eine märchenhafte Sehnsucht aufbaute. Ich wusste: Das war schön. Jeder fand das.

Aber warum? Weil es eine Sehnsucht widerspiegelte? Weil man hier den unerreichbaren Platz im Paradies vor Augen gehalten bekam? Einen Ort, den man nie in natura (als ob das irgendeinen Unterschied ergäbe) sehen würde. Einen Ort, den man sich sonst nur vorstellen konnte – aber eben jetzt, frei Haus, als Spiegel der marktgesellschaftlichen Fantasieträgheit direkt an die Wand geklebt. Oder war es umgekehrt? Entfachte die Tatsache, dass ein unerreichbarer Ort an der Wand hing, nicht überhaupt die Sehnsucht nach der Ferne? Eine Ferne, die sich keiner leisten konnte, denn Urlaub hatte sich erst die Generation danach verdient (und zwar im monetären Sinn). Natürlich wussten wir schon vorher, was Sehnsucht war. Spätestens seit Freddy Quinn durfte die Sehnsucht zum Volkswagengefühl der deutschsprachigen Mitteleuropäer avancieren. Aber sehnten wir uns wirklich nach diesen Orten? Oder sehnte sich die Sehnsucht nach uns? Die Sehnsucht nach der Sehnsucht? Nach etwas Unerreichbarem, das uns am Leben erhielt, das uns ein abstraktes Ziel gab, das die Sehnsucht aufrechterhielt? Die schönste Sehnsucht ist die, die ein Leben lang unerfüllt bleibt. Das ist das Wesen der Sehnsucht. Sie ist nicht auf Erfüllung aus. Sonst wäre sie wie Ebola. Ein Virus, das seinen Wirt zu schnell tötet, was ihn daran hindert, sich weltweit auszubreiten. Aber die Sehnsucht gibt es überall. Und keine fernöstliche Religion wird das ändern. Selbst wenn wir uns noch so stark nach dem Fernen Osten sehnen.

Sind Fototapeten die Meditation des Westens?
Gibt es ein Leben nach dem Leben nach dem Tod?
(Das kann doch nicht alles gewesen sein.)
Gibt es ein Leben für die Fototapete nach dem Retrotrend?
Entsprechen Fototapeten noch unseren Sehnsüchten?
Und wie oft kommt in Popsongs die Zeile »I want« vor?

I want to do what I want.

I want to break free.

I want to know what love is.

I want to know if he really loves me.

I hate myself and want to die.

I want to enter.

I want to be an astronaut.

Everything I want to do is illegal.

I want to hold your hand

I want you to want me

I want to be called President (Sierra Leone)

I want a family (Keanu Reeves)

I want to be a cyborg (Kevin Warwick)

Money, that's what I want (Beatles)

I want to make a hiphop album (Elton John)

Ich sehne mich nach ewiger Liebe.

Ich sehne mich nach ewigem Reichtum.

Ich sehne mich nach ewigem Leben.

Ich sehne mich nach ewigem Urlaub.

Ich sehne mich, nicht ewig ich sein zu müssen.

Ja gut, aber wo?

Am kristallklaren Bergsee?

Am menschenleeren Strand?

Am tropischen Wasserfall?

Nein – in meiner gottverdammten Wohnung. Hier und jetzt.

Ich will die perfekte Wohnung an der Wand!

Die Wohnung, die wir nie bewohnen werden.

Die Wohnung, die es nicht gibt.
Möbelhäuser, passt auf.
Schmeißt die Fototapeten raus.
Wir bleiben daheim.
Für immer.

Ihre Traumwohnung!
Wohnung mit Kamin.
Exklusiver Nussholzboden, Erstbezug.
Jakuzzi!
Perfekte Lage
182 qm (5 Zimmer), Terrasse
Absolut ruhig gelegen, riecht man hier das Grün …
Casa Toscana AG
Die perfekte Synthese aus Luxus und Understatement.
»Hinter der Fachwerkfassade des Gebäudeensembles entstehen Wohnungen mit hervorragender Ausstattung über dem allgemeinen Standard.«
Das perfekte Zusammenspiel von Dessin, Farbe und Material machen diese maschinengewebten Brücken und Teppiche zum Mittelpunkt Ihrer Wohnung.
Das Obergeschoss kann als eigenständige Wohnung vermietet werden.
Naturliebhaber aufgepasst!
Die zweistöckige Bibliothek.
Das lichtdurchflutete Bad.
Mediterranes Loft mit Meerblick!
Halt!
Die Tapete.

Der menschenleere Strand.

Die menschenleere Wiese.

Der menschenleere Tropenwald.

Makellos. Perfekt. Eben von Gott erschaffen. Erstbezug. Ein Garten Eden, den wir mit unseren Gedanken bewohnen dürfen. Für immer.

Ich betrete ihn. Den menschenleeren Strand. Seit Ewigkeiten wollte ich ihn mit einem Fußabdruck im Sand als meinen Ort markieren. Das Meer beginnt sich zu bewegen. Der warme Südwind umschmeichelt mein Gesicht wie ein Song von Carla Bruni. Der Sand ist lauwarm. Die Wolken ziehen ab. Langsam schleiche ich zum Ufer. Um niemanden zu wecken. Um nicht erwischt zu werden. Ich habe zwar kein »Zutritt verboten«-Schild gesehen. Aber etwas in mir sagt: Ich werde beobachtet.

Willkommen in der unwirklichen Wirklichkeit. Selbst das Licht wirkt unverbraucht. Ich werde diesen Ort bewohnen. Aus dem Meer taucht eine Frau. Sie winkt mir von Weitem und kommt auf mich zu. Ein Mann mit Bauchladen verkauft mir Möglichkeiten. Ich spüre eine zarte Hand, die mich massiert. Das Rauschen der Wellen. Eine sanfte Stimme, die mir etwas verspricht. Jemand, der mir unaufdringlich Drinks serviert. Menschen kommen von allen Seiten, um mich einzuladen. Ich muss nichts sagen. Alles besprochen. Ich schließe die Augen. Das Paradies. »Bild frei!« Alles hält inne. Blick zurück.

Es ist John Burst. (Mein Gott, ist der alt geworden. Ich dachte, er sei tot.)

John Burst?

Ja, der berühmte Fototapetenfotograf. Du weißt schon.

John Burst reist mit einer Entourage von 50 Menschen. Die meisten sind damit beschäftigt, den Meister bei Laune zu halten.

»Drinks, Sir?«

»Evakuieren Sie zuerst den gottverdammten Strand. So wird das nichts! Wissen Sie, wie viele gottverdammte Strände ich schon fotografiert habe? Hunderte, Sie Ignorant. Na los, ab durch die Mitte. Bild frei!«

John Burst akzeptiert keine Menschen im Bild.

»Sie verstellen mir den Blick auf das Wesentliche, Junge.«

»Und das wäre?«

»Ich selbst. Andere Menschen hindern mich daran, mich selbst in diese gottverdammte Tapete hineinzuträumen. Deshalb räumt den gottverdammten Strand endlich!«

Die Assistenten arbeiten schnell und vertreiben meine Mitbewohner aus dem Paradies. Dazwischen ein paar hingefetzte Anekdoten. Nicht zu detailliert. Sonst wird der Blick auf das Wesentliche verstellt.

»Der Bergsee damals war gar nicht so klar, wie er auf dem Foto aussieht.«

»Die Räumung des tropischen Wasserfalls, das war etwas, Junge. Man konnte herumballern, was man wollte, aber sie kamen aus allen Löchern, diese gottverdammten Schlitzaugen.«

»Die Wüste war ein Nukleartestgebiet. Scheißegal, habe ich gesagt, wenigstens ersparen wir uns eine Evakuierung.«

Ein Assistent von links, einer von rechts.
»Bild frei!«
Klick.
Das ewige Leben.

REKORDSOMMER

Johnny Weißmüller liebte die Sonne. Ja, er liebte die Sonne so sehr, dass er auch im Winter an Orte reiste, an denen er ihr nah sein konnte. »Sonnenanbeter« nannte Natalie ihn immer dann, wenn er sein Surfbrett einpackte, um zu verreisen. »Meine Sonne im Herzen« nannte Johnny sie immer dann, wenn sich seine braun gebrannte Haut an die ihre schmiegte. Und dann lächelten die beiden so glückselig, wie nur der Frühling lächelt, wenn die ersten Sonnenstrahlen die Blüten aus dem Winterschlaf wecken.

Die Sonne. Kein Ort schien ihm zu entlegen, an den er ihr nicht hinterherreisen würde. Eine Liebe, auf die Natalie nicht eifersüchtig zu sein brauchte. Johnny war eine treue Seele und liebte Natalie über alles. Andere Frauen existierten für ihn nicht. Nur deshalb akzeptierte Natalie diese sonderbare Geliebte, die ihren Johnny so oft von ihr trennte. Und sie freute sich, wenn er mit sonnengegerbter Haut zurückkehrte.

So kam es, dass Johnny wieder einmal an einem abgelegenen Inselstrand lag, um die Sonne anzubeten. Die ersten Anzeichen seines übermäßigen Sonnenkonsums wurden sichtbar: Seine Haut begann sich vom Rücken zu lösen, und sein brünettes Haar bleichte mehr und mehr aus. Doch Johnny hatte noch immer nicht genug. Stundenlang blieb er in der glühenden Mittagssonne liegen, während die anderen Badegäste und Inselbewohner Zuflucht im kühlen Schatten suchten. Die Temperaturen stiegen von Tag zu Tag. Die Straßen leerten sich untertags zunehmend. Einigen älteren Menschen wurde die Hitze zum Verhängnis. Und diejenigen, deren Kreislauf noch nicht verrückt spielte, brachten den klimatisierten Bars gigantische Umsätze. Die Medien sprachen – wie jedes Jahr – von einem Rekordsommer. Denn irgendeine Rekordmeldung brauchten sie schließlich, um das Sommerloch zu füllen. Doch in diesem Jahr waren die Temperaturen wirklich rekordverdächtig und hatten mit den üblichen Temperaturbestmarken des Sommers nichts zu tun. Vor allem schien die Hitzewelle kein Ende zu nehmen. Und irgendwann lag Johnny Weißmüller allein am Strand, während die anderen Touristen in den kühlen Hotellobbys saßen und über den seltsamen Sonnenanbeter lächelten.

Johnny starrte in die Sonne und die Sonne starrte zurück. Ja, sogar die Fische verabschiedeten sich bei dieser Affenhitze in die Tiefen des Meeres. Warum große Hitze nach Affen benannt wurde, ist unbegreiflich. Denn Affen sind weder besonders resistent gegen hohe Temperaturen, noch rufen sie solche hervor. Aber wahrscheinlich liegt es daran, dass eine derartige Hitze die Menschen animalisch werden lässt. Bemerkbar machte sich dies am Aggressionspotenzial, das sich in den letzten Tagen spürbar erhöht hatte. Es war bereits zu diversen Übergriffen gekommen, während Johnny seelenruhig am Strand lag, um sich ohne Sonnenschutz seiner geliebten Sonne hinzugeben. Ja, niemand ließ die Sonne so nah an sich heran wie Johnny. Es wäre verwunderlich gewesen, hätte das der alten Sonne nicht geschmeichelt.

Der Erste, der merkte, dass hier etwas Seltsames vor sich ging, war Doktor Peron, der nichts dafür konnte, dass er wie der argentinische Diktator hieß. Seinerzeit war er deshalb durch etliche Universitätsprüfungen gefallen und am Ende wusste keiner so recht, in was Peron seinen Doktor eigentlich absolviert hatte. Am wenigsten er selbst. Und wenn man ihn danach fragte, gab er nur patzig zur Antwort, dass er Doktor Solaris sei, was insofern der Wahrheit entsprach, als dass niemand auf der ganzen Insel die Sonne so eindringlich beobachtete wie er. Peron sei doch nur ein fauler Sack, der den ganzen Tag in der Sonne liege, behaupteten die einen. Keiner wäre auf diesem Gebiet so kompetent, widersprachen die anderen. Auf jeden Fall pilgerten die Einheimischen dieser Tage massenweise zu Doktor Peron, um ihn in Sachen Rekordsommer um Rat zu fragen.

»Entspannt euch!«, erklärte er salopp den Pilgern.

»Lasst euch die Sonne auf den Bauch scheinen! Ihr werdet noch froh sein! Bald ist der herrliche Sommer vorbei, und ein kalter Winter wird über die Lande ziehen!«

Das mussten sich die von der Dürre geplagten Bauern anhören, bevor Peron wieder die Augen schloss, um sein Sonnenbad fortzusetzen.

»Aber Doktor Peron!«

Die Einheimischen gaben keine Ruhe.

»Es ist Mitte Oktober und es hat über vierzig Grad. Wir haben nicht den Eindruck, dass der Sommer bald zu Ende geht. Im Gegenteil! Es wird von Tag zu Tag heißer und trockener!«

Da drehte sich Peron wieder den Bauern zu und öffnete verheißungsvoll seine schmalen Augen. Er starrte sie an. Sie starrten ihn an. Er sah zur Sonne. Ihre Blicke folgten ihm. Dann schaute er in die Ferne und dachte nach. Minutenlang. Er nickte und setzte an, um zu sprechen. Die Bauern hingen an seinen Lippen. Endlich würde Doktor Peron ihnen eine Antwort auf die unzähligen Fragen geben. Langsam murmelte er etwas vor sich hin. Alle mussten sich vorbeugen, um den Doktor zu verstehen. »Na und?«, sagte er. »Na und?« Dann schloss er wieder die Augen. Und die Bauern zogen enttäuscht ab.

Als sie außer Sicht waren, blinzelte Peron und sah nachdenklich zum Horizont. Die Bauern hatten schon recht. Irgendetwas stimmte hier nicht. Und damit war Doktor Peron, wie gesagt, der Erste, der bemerkte, dass hier Seltsames vor sich ging. Sein Blick fiel auf die andere Seite des Strandes. Dort sah er Johnny liegen. Und in diesem Moment wusste er: Diese Geschichte hatte irgendetwas mit diesem Jungen zu tun. Doktor Peron dachte stundenlang nach. Hunderte von Theorien entwickelte der Wissenschafter, warum dieser Johnny Weißmüller die Schuld an diesem Rekordsommer tragen könnte. Doch nichts fiel ihm ein. Eigentlich war der Junge ihm ja ganz sympathisch. Er schien sich mit den gleichen Dingen zu beschäftigen wie er. Womöglich auch ein Akademiker, der sich hier nur zu Forschungszwecken aufhielt. Aber Doktor Peron war Pragmatiker und kein Esoteriker. Und deshalb wusste er, dass ihm etwas einfallen musste, wenn er eine wissenschaftliche Erklärung finden wollte.

Die Horde Bauern konnte ganz schön lästig werden.

Und Peron war ihnen eine Antwort schuldig. Sonst hätte er sie ewig am Hals. Eigentlich interessierte ihn nichts mehr, als den ganzen Tag in der Sonne zu liegen und die Seele baumeln zu lassen. Als er in der neunten Stunde lauthals »Eureka« schrie, konnte Peron froh sein, dass niemand anderer am Strand war. Sonst hätte man ihn womöglich wieder einmal gefragt, worin er eigentlich promoviert hatte. Auf jeden Fall schrie Doktor Peron lauthals sein »Eureka« heraus, schloss dann aber wieder friedlich die Augen, weil er wusste, dass dieser eine Schrei ausreichen würde, um die neugierigen Einheimischen anzulocken. Und siehe da. Bereits wenige Minuten später standen die gleichen verzweifelten Bauern vor ihm und warteten, dass der weise Peron zu ihnen sprach. Doch wenn sich Peron neben seinen Sonnenstudien in irgendetwas auskannte, dann im Imitieren von Findlingen am Südrand skandinavischer Gletscherzonen. Wie jene Riesensteine, deren Herkunft größte Rätsel aufgaben, saß er da und beachtete die Menschentraube nicht weiter. Erst als ein Bauer seinen Herzschlag und Atem überprüfen wollte, drehte er sich zur Gruppe, die sich gemeinsam erschreckte und einen gruppendynamischen Schritt nach hinten setzte.

»Was?«, warf er dem Bauern patzig entgegen.

»Sie haben ›Eureka‹ geschrien, Doktor Peron«, gab einer der Bauern schüchtern zu bedenken.

»Na und? Ist das neuerdings verboten?«, entgegnete Peron missmutig.

»Nein. Aber wir haben gehofft, dass Ihnen etwas eingefallen ist.«

Perons Blick schweifte bedeutungsschwanger in die Ferne. »Ist mir auch.«

Die Einheimischen applaudierten. Inzwischen hatte die Menschentraube weitere Menschen angezogen. Sogar die Touristen krochen aus ihren unterkühlten Hotellobbys hervor, um den Ausführungen von Doktor Peron zu lauschen. Doch dieser zierte sich und dachte gar nicht daran, seine Erkenntnisse so billig preiszugeben. Vielleicht war ihm auch gar nichts eingefallen, und er nutzte die Zeit nur, um sich aus der Affäre zu ziehen. Erwartungsvoll sahen ihn die Menschen an. Peron begann zu schwitzen. Und wenn ein Sonnenforscher zu schwitzen beginnt, muss das nichts Gutes verheißen. Das ahnten die Menschen und ein ängstliches Raunen ging durch die Menge. Sie wurden ungeduldig. Und Peron schwitzte noch mehr. Wahrscheinlich würden sie ihn lynchen, wenn er ihnen jetzt keine plausible Lösung präsentierte. Und da schoss es aus seinem Mund. Kurz. Und kaum verständlich. »Die Sonne kommt näher!«

Verständnisloses Schweigen in der Menge. »Was?«, fragte einer. »Wie meinen Sie das?«, ein anderer. »Was genau soll das heißen?«, ein Dritter, der gleich merkte, dass eine veränderte Formulierung der gleichen Frage auch niemandem weiterhalf.

Ganz langsam wiederholte Doktor Peron die Antwort, in der Hoffnung, dass sie ihn selbst auf einen weiteren Gedanken brachte: »Die Sonne kommt näher.« Dann nickte er und wartete auf weitere Reaktionen. Schweigen. Nachdenken.

»Aber die Sonne ist doch unbeweglich«, konterte schließlich der unglückliche Dritte von vorher, der sich damit endgültig den Zorn Perons zuzog.

»Was? Was weißt du schon von der Sonne? Nichts weißt du! Du Wurm!« Peron sah ihm tief in die Augen. Wahrscheinlich weil er selbst nicht weiterwusste und hoffte, dass ihm irgendeine Reaktion weiterhelfen könnte.

Eingeschüchtert gab der Mann zurück: »Aber warum sollte sie?«

»Warum sollte sie was?«

»Na, sich plötzlich bewegen?«

Peron schaute fassungslos. Er schwitzte jetzt am ganzen Leib und schluckte aufgeregt Luft. »Warst du noch nie verliebt, du Nichtsnutz?«, rief Peron aus, der wieder nicht so genau wusste, warum er das gesagt hatte, und selbst darauf wartete, dass noch etwas aus seinem Munde käme. Wieder Schweigen. Und Peron ahnte, dass sich die Menschen mit dieser Antwort nicht zufriedengeben würden.

Inzwischen war auch Johnny neugierig geworden.

Von Weitem hatte er die Menschen beobachtet, wie sie sich um diesen alten Mann kreisten. Er fragte sich schon längere Zeit, was da drüben wohl vor sich ging. Gemütlich schlenderte er hinüber und blieb ganz hinten in der schweigenden Menge stehen, die einen schweigenden alten Mann anstarrte. Johnny gefiel dieses Bild, und er wollte soeben sein braun gebranntes Gesicht wieder der Sonne zuneigen, als plötzlich der alte Mann wie elektrisiert aufsprang, auf ihn zeigte und schrie: »Die Sonne ist in diesen Mann verliebt!« Ja, es herrschte seit Tagen eine Affenhitze, aber als sich die Menge fragend in Johnnys Richtung drehte, lächelte dieser nur und nickte den Anwesenden zu. Er hatte nicht den blassesten Schimmer, um was es hier eigentlich ging.

Abermals ging ein Raunen durch die Menge. Die ersten kleinen Grüppchen formierten sich zur Diskussion. »Könnte schon sein.« – »Das würde erklären, warum sie näher kommt.« – »Typisch Frau!« – »In Frankreich heißt es aber *le soleil*, dort ist sie also männlich.« »Vielleicht ist sie schüchtern.« – »Die Sonne schüchtern, so ein Schwachsinn!« – »Aber wie kann sich die Sonne bewegen?« – »Hast du vielleicht eine bessere Erklärung?« – »Eben!« – »Tatsache ist: Es muss etwas passieren!« – »Niemand kennt die Sonne so gut wie der alte Peron.« – »Es ist der einzige Weg!« – »Ja, meine Felder sind völlig ausgedörrt!« – »Wir werden alle verhungern!« – »Und die Klimaanlagen kosten einen Haufen Geld!« – »Ist ja auch ein attraktiver junger Mann. Das kann man schon verstehen.« – »Teufelswerk!« – »Wir müssen ihn loswerden!« – »Oder als Gott verehren!« »Ich verehre doch keinen Touristen!« – »Warten wir auf einen Vorschlag von Peron.«

Johnny Weißmüller hatte noch immer nicht den blassesten Schimmer, um was es hier ging. »Lieben Sie die Sonne, Mister?«, forderte ihn ein untersetzter Bauer mit großer Schnapsnase heraus.

»Ja, schon. Ich liebe die Sonne sehr. Sonst wäre ich ja nicht hier«, antwortete Johnny im Glauben, den Bewohnern damit zu schmeicheln. Ein Raunen ging durch die Menge, und die meisten zogen sich wieder in kleine Diskussionsgrüppchen zurück.

»Ja, aber wenn er sie auch liebt, dann sind wir verloren!« – »Ja, dann gibt es keinen Grund, warum sie innehalten sollte.« – »Typisch Frau!« – »Ach, halt doch die Klappe!« – »Was tun wir jetzt?« – »So hört dieser Sommer nie auf!« – »Schlimmer. Es wird heißer und heißer werden.« – »Was können wir tun?« – »Jemand muss die Sonne zur Vernunft bringen.« – »Wir werden alle verglühen!« – »Jemand muss mit ihr reden.« – »Und was sagen?« – »Na, dass auch andere Mütter schöne Söhne haben oder so.« – »Und was soll das bringen?« – »Vielleicht ist sie einsam.« – »Die Sonne? Du spinnst wohl.« – »Es kann nicht sein, dass wir wegen einer sinnlosen Liebschaft alle untergehen.« – »Ja, die Liebe.« – »Was, die Liebe? Halt doch die Schnauze!« Und so ging es minutenlang. Die Stimmung wurde zunehmend angespannter.

Johnny stand mit einem großen Fragezeichen im Gesicht daneben. Als er Doktor Peron Hilfe suchend ansah, drehte sich dieser mit einem leisen Seufzer weg. Als er wieder zurück an seinen Strandplatz gehen wollte, zwangen ihn die Einheimischen, in einer nahen unterkühlten Hotellobby Platz zu nehmen. Schließlich durfte man die Sonne jetzt nicht auch noch herausfordern. Die Situation war schon gefährlich genug.

Sie schoben Johnny an die Bar, wo er von den Kellnern nur sehr widerwillig bedient wurde. Die Touristen ignorierten ihn, so gut es ging, und die Einheimischen warfen ihm böse Blicke zu. Als er einen Tequila Sunrise bestellte, setzte aufgeregtes Murmeln ein, was sich Johnny nicht erklären konnte. Also strich er genussvoll über seine braun gebrannte Haut und betrachtete im Spiegel hinter der Bar stolz das Ergebnis seines Sonnenbades. Bald müsste er wieder heimfahren. Nicht, dass er Natalie nicht vermisste, aber er begann schon im Geiste die Tage ohne Sonne zu zählen. Natalie würde ein brauner Teint gut stehen. Doch sie bevorzugte blasse Haut und vermied es wenn möglich nach draußen zu gehen. Wie auch immer. Er liebte sie. Und wenn er an die seltsamen Vorkommnisse des heutigen Tages dachte, dann entwickelte sich langsam die Ahnung, dass es unter Umständen besser wäre, möglichst bald abzureisen. Sonne hin oder her.

In der Zwischenzeit hatten sich die Einheimischen wieder um Doktor Peron geschart. Energisch – so weit das die Hitze zuließ – versuchten sie auf ihn einzuwirken, damit er wiederum auf die Sonne einwirkte.

»In solche Dinge mische ich mich nicht ein. Liebe ist eine delikate Privatangelegenheit, und mein Anstand verbietet mir auch nur die kleinste Indiskretion«, sagte er und gab sich damit edler, als er war. Schließlich hatte er keinen blassen Schimmer, wie er mit der Sonne Kontakt aufnehmen sollte. Aber die Gruppe ließ nicht locker: »Irgendjemand muss mit ihr reden, Doktor Peron! Und wer soll das sonst sein?« Peron deutete in Richtung Rathaus: »Der Bürgermeister!« Wieder ging ein Raunen durch die Menge. Der Bürgermeister war zwar beliebt, aber nur wegen seiner Trinkfestigkeit gewählt worden. Nun konnte man aber die Sonne nicht unbedingt unter den Tisch trinken. Noch dazu wüsste der Bürgermeister ebenfalls nicht, wie er mit der Sonne in Kontakt treten sollte. Er brachte ja nicht einmal die traditionelle Neujahrsansprache zustande. Das Murmeln wurde lauter. Und das Flehen eindringlicher. Irgendwann fielen Doktor Peron auch keine Argumente mehr gegen seine eigene Eitelkeit ein. Also sagte er: »Sei es drum, von mir aus rede ich mit der Sonne. Aber versprechen kann ich euch nichts.« Die Menge applaudierte und Doktor Peron bat darum, dass er während des Sonnenuntergangs allein am Strand gelassen würde.

Die Einheimischen versammelten sich mit den Touristen in den unterkühlten Hotellobbys und beobachteten von dort aus das Geschehen. Johnny blieb an der Bar sitzen und wunderte sich. Er wurde von niemandem weiter beachtet – und wenn, dann warf man ihm vorwurfsvolle Blicke zu. Johnny verstand die Welt nicht mehr und beobachtete das Geschehen aus sicherer Entfernung. Die Blicke aller hafteten gespannt auf Doktor Peron, der wieder zu einem skandinavischen Findling mutiert war. Die Sonne ging unter. Es wurde dunkel. Und Doktor Peron verharrte in seiner stoischen Starre. Niemand traute sich vor die Tür. Alle schwiegen. Nur der Bürgermeister machte lauthals darauf aufmerksam, dass ein Gentleman jetzt, da die Sonne untergegangen war, endlich trinken dürfte. Der Bürgermeister war kein Gentleman.

Stundenlang blieb der Doktor draußen sitzen und rührte sich nicht. Keiner wagte es, ihn zu stören. Gegen Mitternacht wurden allerdings die ersten Zweifler laut. Wahrscheinlich, weil sie betrunken waren. Die lautesten unter ihnen vermuteten, Doktor Peron sitze nur deshalb so lange da draußen, weil er sich überlegte, welchen Bären er ihnen als Nächstes aufbinden könnte. Doch diese subversive Minderheit wurde von den anderen Betrunkenen mehrheitlich

ignoriert. »Bären aufbinden? Was soll das überhaupt hei-
ßen?«, meldete sich der Dorfetymologe zu Wort und machte
auf die inflationäre Verwendung solcher Floskeln seit dem
Beginn der Hitzewelle aufmerksam. Als den meisten diese
Diskussion zu langweilig wurde, beschloss man, Doktor
Peron am Strand aufzusuchen.

Die Gruppe bildete einen Kreis um den alten Mann, der in
sich zusammengesackt im Türkensitz da saß. »Türkensitz?
Was soll das heißen?«, fragte der Etymologe – wurde aber
von den anderen sofort wieder zum Schweigen gebracht.
»Ich glaube, er ist eingeschlafen«, flüsterte der Dritte von
vorhin, der sich den Zorn des Doktors zugezogen hatte.
Die anderen murmelten vor sich hin. »Ja, ich glaube auch.« –
»Was sollen wir jetzt tun?« – »Vielleicht will ihn jemand
wecken?« – »Das ist nur eine Trance, wie soll er sonst mit der
Sonne sprechen?« – »Ach Schwachsinn, der alte Sack schläft
doch. Das kann ja jeder sehen.« – »Ich glaube, er schnarcht
ganz leise!« Schweigen. Alle hörten hin.

Bis der kettenrauchende Bürgermeister einen Hustenan-
fall bekam und Peron aufschreckte. Verwirrt sah er sich um.
»Was wollt ihr denn hier?«

Die Menge starrte ihn an. »Nun – wir wollen erfahren, wie
Ihr Gespräch mit der Sonne verlaufen ist.« Plötzlich durchzuckte es Peron, der dieses Thema schon wieder verdrängt
hatte. »Ach ja, die Sonne. Nun, es sieht nicht gut aus.«

Verunsichertes Raunen. Gemurmel. »Was heißt nicht gut?«
Doktor Peron sah dem fragenden jungen Mann ins Gesicht.
Zuerst überlegte er, ob er aus strategischen Gründen das
Wort »gut« genauer definieren sollte. Aber als er das fra-

gende Gesicht Johnnys erkannte, sparte er sich diesen rhetorischen Ausflug. »Die Sonne ist vernarrt in Sie, mein Herr.«

Johnny fühlte sich geschmeichelt und glaubte, der charmante ältere Herr meinte seinen unwiderstehlichen Teint.

»Die Sonne ist so verliebt in Sie, dass sie nicht daran denkt, von ihrem Vorhaben abzulassen.« Jetzt war Johnny irritiert.

»Welches Vorhaben?«, fragte er Peron, an dessen Lippen fünfzig weitere Personen klebten. »Möglichst nah bei Ihnen zu sein. Ja, sie sprach sogar davon, dass sie für einen Kuss alles gebe!«

Aufgeregtes Murmeln baute sich auf, das wie eine Welle am Felsen brach und zu panischem Zischen wurde.

»Wir wissen, was das bedeutet!«

Johnny verstand nur Bahnhof. »Aber Doktor – wie können wir das verhindern?«

Peron schüttelte den Kopf und seufzte: »Liebende kann man nicht aufhalten. Selbst, wenn das die Apokalypse bedeutet.«

Die Einheimischen standen kurz davor, den armen Johnny zu lynchen. Und als sich der Kreis um ihn enger schloss, bekam er es ernsthaft mit der Angst zu tun. Doktor Peron erkannte, was vor sich ging, und hob drohend die Hand. »Lasst den Mann in Ruhe. Er kann ja nichts dafür. Und wenn ihr ihm ein Haar krümmt, dann Gnade uns Gott vor der Rache der gekränkten Sonne! Wir müssen einen kühlen Kopf bewahren!«

In diesem Moment musste sich der Etymologe übergeben, was aber niemanden hinter dem Ofen hervorholte. Alle warteten auf eine Ansage von Doktor Peron, der gerade begriffen hatte, in welch missliche Lage er den Jungen gebracht hatte. Johnny merkte, dass er es hier mit ganz eigenen Gesetzen zu tun hatte, und hielt sich deshalb nicht lange mit Fragen der Logik auf. Außerdem war ihm nicht entgangen, dass Doktor Peron der einzig relevante Gesprächspartner war. Also wandte er sich ihm zu: »Was kann ich tun, Sir?«

Doktor Peron lächelte milde und verstand, dass man sich gemeinsam aus diesem Schlamassel befreien musste. Schließlich war der ganze Unsinn ja auf seinem Mist gewachsen. Auch wenn die Hitze das Ihre dazu beigetragen hatte. »Nun. Es gibt nur einen Weg, mein Freund. Und ich nehme an, dass Ihnen die Problematik bekannt ist?«

Johnny nickte artig, auch wenn er dies hier für eine Ansammlung von ausgemachten Vollidioten hielt. »Gut«, sagte Peron mit einem Nicken. »Es gibt nur einen Weg. Sie müssen der Sonne die Aussichtslosigkeit ihrer Lage bewusst machen.«

Johnny stand da und versuchte vor allem körperlich Haltung zu bewahren. »Und wie soll ich das anstellen?«

Peron lächelte das senile Lächeln des alten Weisen. »Liebe, mein Freund, funktioniert manchmal ausschließlich nach dem Prinzip Hoffnung. Und in Ihrem Fall haben Sie der Sonne ein wenig zu viel davon gemacht, finden Sie nicht? Sie müssen verstehen. Die Sonne ist eine alte, einsame Frau!«

»In Frankreich ein Mann!«, konterte einer aus der Klugscheißerfraktion.

Johnny begriff gar nichts, nickte aber artig. »Es ist Zeit, dass Sie der Sonne klarmachen, dass Sie nichts für sie empfinden.

Dass sie sich keine Hoffnung zu machen braucht. Und zwar so unmissverständlich, dass auch nicht der kleinste Schimmer davon übrig bleibt – denn bereits ein Funke Hoffnung sät größte Anstrengungen, das Blatt doch noch zu wenden. Können Sie mir folgen?« Johnny nickte schweigend, wusste aber noch immer nicht, wie er dem Lynchvorhaben der Einheimischen entgehen sollte. »Geben Sie die Sonne auf, junger Mann. Und zwar komplett. Fahren Sie nach Hause. Und meiden Sie ab jetzt den Sonnenschein. Leben Sie in der Nacht. Schlafen Sie untertags. Zeigen Sie der Sonne, dass ihre Liebe aussichtslos ist! Haben Sie mich verstanden?«

Johnny nickte. Die Einheimischen nickten.

»Denken Sie an die Menschheit. Denken Sie an die Katastrophe, für die Sie verantwortlich wären. Nur ein unvorsichtiger Moment und wir stehen alle am Rande des Abgrunds. Das müssen Sie sich vor Augen halten. Und jetzt gehen Sie. Reisen Sie ab, bevor es wieder hell wird!« Johnny blickte in die erregte Menge, der sich inzwischen auch die Touristen angeschlossen hatten. Kein Zweifel. Es wäre keine gute Idee, auch nur eine Sekunde länger hierzubleiben. Eiligen Schrittes ging er in Richtung Hotel, warf seine Sachen in den Koffer, lief zum nächsten Taxistand und verließ fluchtartig die Insel.

Innerhalb weniger Tage fielen die Temperaturen auf der Insel unter null. Ein Rekordwinter bahnte sich an. Ein Rekordwinter, wie es ihn noch nie gegeben hatte. Experten sprachen sogar von einer neuen Eiszeit. Die Insel wurde aus

den Touristenkatalogen gestrichen und fortan als Schatten-
zone bezeichnet. Die Klimaforscher standen vor einem Rätsel. Wie war es möglich, dass sich auf einer derart winzigen
Insel das Klima so rasant änderte? Johnny verstand noch
immer nicht. Blieb aber fortan zu Hause bei Natalie, die ihn
auch ohne braunen Teint liebte.

DAS WEIHNACHTSDINNER

Wie jedes Jahr, dachte Joe Remick, als er durch das Schnee-gestöber in der weihnachtlichen Geschäftsstraße lief. Fast geräuschlos hetzten Passanten an ihm vorbei. Ihre Blicke paralysiert. Unnachgiebig rempelten sie sich von Kaufhaus zu Kaufhaus. Immer auf der Flucht vor einem betrunke-nen Weihnachtsmann, der ihnen eine weitere Spendendose ins Gesicht halten wollte, und einem der allgegenwärti-gen Schnäppchenangebote, das den letzten Cent aus ihren Portemonnaies quetschen sollte. *Wie jedes Jahr,* dachte Joe Remick, als er die Tür zum *Green Door* aufsperrte, um die Schwindel erregende Meute hinter sich zu lassen. Dahinter empfing ihn Stille. Auch wie jedes Jahr.

Wenn er am 22. Dezember durch diese Tür ging, wurde Joe beinahe festlich zumute. Er atmete tief durch und genoss die Ruhe vor dem Sturm. Diese zehn Minuten des Inne-haltens waren für ihn Weihnachten. Jedes Jahr, wenn er mit den Vorbereitungen zum gesetzten Galadinner des *Green Door* begann. Eine Veranstaltung, auf die er sich stets freute wie ein kleines Kind auf Geschenke. Auch wenn er über dieses Dinner mit niemandem sprechen durfte. Das traf ihn immer noch mitten ins eitle Herz. Aber eine solche Mög-lichkeit konnte man als Koch unmöglich auslassen, selbst wenn man wie Joe Remick schon alles erreicht hatte. »Der Fünf-Sterne-Remick!«, »Der Gourmet-Messias!«, »Remicks Küche ist ein Schrein der kulinarischen Genüsse«, »Remick macht süchtig!«, »Remick ist der Mozart der Küche!« Aber über den wahren Höhepunkt seiner Kochkarriere durfte Remick kein Wort verlieren.

Noch fünf Minuten, dann würde Lachman auftauchen. Das *Green Door* schwor auf ihn. Schließlich musste man bei einer so diskreten Angelegenheit wie dem Weihnachtsdinner dem Lieferanten bedingungslos vertrauen können. Weder Veranstalter noch Gäste waren daran interessiert, dass etwas über dieses exquisite Vergnügen an die Öffentlichkeit drang. Nachdenklich überflog Remick noch einmal die diesjährige Einladung.

Sehr geehrte Damen und Herren,
das Green Door freut sich, Sie am 22. Dezember zu unserem traditionellen Weihnachtsdinner einzuladen. Auch heuer werden wir Ihnen sensationelle kulinarische Raritäten bieten. Für die Creation zeichnet wie immer Starkoch Joe Remick verantwortlich. Der Preis beträgt trotz des immer größer werdenden Organisationsproblems traditionell 5000 Dollar.
Wie jedes Jahr bitten wir Sie, diese Einladung vertraulich zu behandeln. Die Gründe dürften ausreichend bekannt sein und sollten keinesfalls in einer schriftlichen Einladung erläutert werden. Freundlich verbleiben wir mit epikureischen Grüßen:
Ihr Team des Green Door

Remick ließ die vergangenen Weihnachtsdinners an sich vorüberziehen. Was für kulinarische Sensationen hatte er diesen reichen Säcken serviert! Die Labradorente, den Schneereiher, den Schomburghirsch, die Wandertaube, den Andenkondor, die Riesenseekuh, den Königsfisch, den Polarwolf; fast alle waren sie inzwischen ausgestorben. Aber dank Remick waren sie als kulinarische Denkmäler einer kleinen Elite in Erinnerung geblieben. So wie die letzten Elfenbeinspechte, die in diesen Räumen verspeist wurden. Ein exklusiver Genuss, über den man verständlicherweise mit niemandem sprechen durfte. Der traditionelle Szenenapplaus der anwesenden Gäste für jeden einzelnen Gang stand in keiner Relation dazu. Davon konnte kein Meister sein hungriges Ego nähren. Außerdem: Was verstanden diese Banausen schon von den kulinarischen Symphonien, die ihnen da all die Jahre aufgetischt wurden? Für sie war dieser Abend nichts anderes als eine standesgemäße Aufwärmrunde für die Feiertage.

Jedes Jahr beobachtete Remick diese selbstgefällige Horde dabei, wie sie seine Meisterwerke respektlos in sich hineinvöllerte. Meisterwerke, von denen nie jemand erfahren durfte. Remick schreckte auf, als es läutete. Das musste Lachman sein. Remick mochte die meisten Menschen nicht besonders, aber an Lachman hatte er sich irgendwie gewöhnt. Ein komischer Kauz, aber Vollprofi. Das wusste Remick zu schätzen. Auch wenn ihn dessen Macken nervten.

»Setzen Sie sich, Remick! Sie werden sonst vor Freude umkippen. Ronnie Lachman hat dieses Jahr den Vogel abgeschossen. Und zwar im wahrsten Sinne des Wortes.« Lachman eilte an ihm vorbei, ohne ihn anzusehen. Sein schlaksiger Körper glitt durch den Raum, als trügen ihn Rollen anstelle von Füßen. Wie jedes Jahr hatte er darauf bestanden, Remick mit einem Tier zu überraschen. Was von diesem natürlich kurzfristige Improvisation verlangte. Aber Remick war schließlich Profi. Anfangs hatte er sich darüber geärgert. Inzwischen betrachtete er es als gesunde Herausforderung. Der Lieferant war, wie der Koch auch, ein ehrgeiziger Kerl. Sie verstanden und akzeptierten einander.

Jedes Jahr versuchte Lachman sich selbst zu toppen. Als mindeste Voraussetzung musste die Ware auf den Roten Listen gefährdeter Tierarten stehen. Lachmans Ehrgeiz aber war es, die wirklich Letzten ihrer Art zu liefern. Er nannte dies dann stolz »Einzelstücke«. Aber das war ihm erst einmal gelungen. Mit besagten Elfenbeinspechten. Damals stand Lachman hinter Remick in der Küche, weil ihn plötzlich die panische Angst befiel, Remick könne den Braten verschmoren lassen und sein Meisterstück beschädigen. Inzwischen aber hatten die beiden Vertrauen zueinander. Remick, dass der Lieferant gute Ware besorgte, und Lachman wiederum, dass der Meisterkoch auf seine Arbeit noch eins draufsetzte. Man konnte durchaus von so etwas wie einer Männerfreundschaft sprechen. Auch wenn die beiden sich außer zu diesem Anlass nie zu Gesicht bekamen.

»Haben Sie ein Einzelstück für mich?«

Lachman sah ihn an und stellte das Kaugummikauen ein. Er setzte diesen seltsamen Blick auf, der Remick an weihnachtliche Schnäppchenjäger erinnerte, wenn ihnen jemand das letzte Stück vor der Nase wegschnappte. »Nein. Kein

Einzelstück. Aber glauben Sie mir: Das, was ich Ihnen heuer bringe, ist der absolute Heuler. Sechsundachtzig Stück gibt es von dem verdammten Vogel noch weltweit. Zwölf davon warten hinten im Wagen.« Er lächelte stolz, als hätte er Remick gerade gesagt, dass er von ihm schwanger wäre.

»Nicht schlecht, Lachman. Um welchen Vogel handelt es sich?«

Sein Gegenüber hob die Hand zu einer vertröstenden Geste. »Vorher will Ronnie Lachman einen Drink.« Das war eine seiner Macken. Er genoss es, Remick hinzuhalten. Für diesen Moment hatte er die letzten Monate gearbeitet. Das war seine Show. Und die wollte er jetzt auskosten.

Er stellte Lachman wie jedes Jahr einen Glenfiddich aus der legendären 37er-Collection vors Gesicht, um danach eine sehr ausgeschmückte Fassung des Abenteuers über sich ergehen zu lassen. »Waren Sie schon mal in Neuseeland?« Remick schüttelte gelangweilt den Kopf.

»Ein schönes Land, dieses Neuseeland. Das sage ich Ihnen.« Dreißig Minuten später hatte es Remick hinter sich. Lachmans abenteuerliche Geschichte bot das Hintergrundgeräusch zu seinen eigenen Gedanken. Während der Lieferant von den zugekifften Tierschützern erzählte, dachte Remick an seine Ex-Frau. Er fragte sich, warum er sich seit der Scheidung ausgerechnet sie beim Onanieren vorstellte. Liebte er sie noch? Oder stellte man sich beim Wichsen immer das vor, was man nicht kriegen konnte?

Lachman protzte gerade mit seinen Schmiergeldaktionen, als Remick an seine Mutter dachte, die er seit Jahren nicht mehr gesehen hatte und die auch heuer wieder vergeblich auf eine Weihnachtskarte ihres einzigen Sohnes hoffte. Auch ihr Enkelkind hatte sie noch nie zu Gesicht bekommen. Remick fragte sich, warum er seine Mutter nie besuchte. Schließlich gab es keinen Grund dafür. Zumindest hatten sie nicht gestritten. Aber vielleicht war es das. Eigentlich gingen sie von Joes Geburt an getrennte Wege. Und als sich der Vater von ihr getrennt hatte, trennte sich Remick geistig gleich mit.

»Der Schmuggel der Ware war dann ein Klacks«, schloss Lachman seine selbstverliebte Abschweifung ab, als Remick grübelte, ob sich die kleine Sue trotz seiner Tiraden von letzter Nacht noch mal von ihm einkochen lassen würde.

Warum hasste er die Frauen, mit denen er schlief, immer im Nachhinein?

»Remick?«

»Ja?«

Lachman zwinkerte ihm zu. »Das Wichtigste in meinem Geschäft ist das Gespür. Ich kann sie förmlich riechen, diese Viecher, auch wenn sie sich in den entlegensten Winkeln dieser Welt verstecken.«

Remick sah ihn gedankenverloren an. »Haben Sie nie ein schlechtes Gewissen?«

»Wollen Sie mich testen?« Der Lieferant sah ihn irritiert an. Er spürte, dass irgendetwas anders war als sonst. »Ich bin ein Profi. Das sollten Sie inzwischen wissen.«

Remick nickte. Eine beklemmende Stille hing zwischen dem ausgetrunkenen Glas und Lachmans Warten auf Applaus.

»Ja, wie auch immer. Ich hole mal die Ware.« Eilig stand Lachman auf. Er schien ein wenig beleidigt, weil Remick das jährliche Ritual missachtete und ihn, den Jäger, um seine Anerkennung brachte.

Nachdenklich sah er Lachman hinterher und bemerkte erst jetzt, wie stark der Lieferant seit letztem Dezember gealtert war. Auch an Remick war das Jahr nicht spurlos vorübergegangen. Er hatte sich zwar mit Arbeit betäubt. Aber in untätigen Momenten tauchten die alten Geschichten wieder auf. Vielleicht war es wirklich an der Zeit, einen Seelenklempner aufzusuchen. Aber Remick tat sich schwer, mit irgendjemandem zu reden. Das war schon immer sein Problem. »Du kriegst dein verdammtes Maul nicht auf!«, hatte seine Ex-Frau Julie gesagt. Und wahrscheinlich war das der Grund für das Scheitern ihrer Beziehung. Für das Scheitern jeder Beziehung.

Remick fühlte sich seltsam müde. Zu müde, um die Rolle des begeisterten Publikums zu spielen. Lachman tat ihm den Gefallen und kürzte das altvertraute Prozedere deshalb ab. »So. Zwölf Stück. Hier der Lieferschein.« Er stellte eine große Holzkiste vor Remicks Füße. »Bitte um ein Autogramm. Danke. Also, Remick … Schöne Weihnachten.«

»Ja, schöne Weihnachten. Und bis nächstes Jahr.«

Lachman sah ihn schweigend an. Dann, plötzlich, spielte ein überlegenes Lächeln auf seinen Lippen. Was wusste er, was Remick noch nicht wusste?

Er nickte und verschwand im Schneegestöber.

Komischer Kauz, dieser Lachman. Und trotzdem: Irgendwie beschlich Remick das Gefühl, ihn nie wiederzusehen. Merkwürdig.

Aus dem riesigen Karton drang das orientierungslose Scharren der Tiere. Lachman brachte die Ware meistens lebend. Diese Jäger hatten selten Ahnung von der Kochkunst, und eine inadäquate Tötung erschwerte eine adäquate Zubereitung erheblich. Deshalb bestand Remick darauf, diese selbst vorzunehmen. Er sah auf die Uhr. Noch gute zehn Stunden bis zum Dinner. Mehr als genug Zeit.

Er wandte seine Aufmerksamkeit wieder dem Karton zu, den er langsam öffnete. Wie jedes Jahr ein unvergleichbarer Adrenalinschub. Die Pappe knarrte. Die Viecher reagierten aufgeregt. Licht fiel in den Karton. Zwölf Köpfe sahen den Koch fragend an. Stille. Joe Remick musste ob des lächerlichen Bildes, das sich ihm bot, lächeln. »Good morning, ladies and gentlemen«, begrüßte er die seltsamen Vögel, die ihn noch immer debil anglotzten. »Welcome to America.«

Komisch. Er hätte schwören können, dass die Vögel ihm freundlich zunickten. Remick schüttelte den Kopf und sah noch einmal hin. Nein, jetzt starrten sie ihn einfach wieder debil an und warteten, was als Nächstes passierte. *Seltsame Viecher*, dachte Remick, als er den Karton wieder schloss. Saßen einfach nur da und glotzten ihn an. Kein Wunder, dass ihnen das Aussterben drohte. Sie würden ihm jedenfalls keine Probleme bereiten. Also begann Remick, sich Gedanken über die Zubereitung zu machen.

Er stand in der Küche, als plötzlich aus dem Nebenraum eine seltsam gedämpfte Stimme ertönte.

»Sir, dürften wir Sie mit einer Frage belästigen?«

Remick drehte sich um. Er vermutete den übereifrigen Lehrling hinter sich. Aber von diesem kleinen Schleimer fehlte jede Spur.

»Sir?«

Es hatte sich doch nicht etwa ein Schnäppchenjäger in seinen kulinarischen Elitetempel verirrt?

»Sir, entschuldigen Sie, wir wollen Sie wirklich nicht belästigen, Sir?«

Das reichte nun aber wirklich. Remick ging langsam zum Eingangsbereich. Er versuchte dabei auf lächerliche Weise bedrohlich zu wirken. Aber außer den paar Möbeln und dem Karton mit den Viechern war der Raum leer. Vielleicht knallte er jetzt durch? Er hatte schon längere Zeit Angst, an einer Geisteskrankheit zu leiden. Die letzten Wochen hatten ihn seltsame Träume gequält. Diese Inkarnationsfantasien, in denen er ständig die Gestalt von gejagten Tieren annahm. Erst gestern Nacht diskutierte er als Gazelle mit einem Panther, der ihn dann aufgrund eigener rhetorischer Defizite auffraß. Es begann ihn zu irritieren, dass es in diesen Streitgesprächen immer um seine Vergangenheit ging. Manchmal ging es um seine Mutter und seinen Sohn. Und seine Frau in Alligatorgestalt, die ihn, den fleißigen Biber, erst letzte Woche in tausend Stücke zerfetzte. »Sir. Wir sind hier. Im Karton.«

Remick erschrak. Langsam ging er auf den Karton zu. Ein Blick links. Ein Blick rechts. Ein Blick nach oben. Nichts. Zögerlich nahm er den Deckel vom Karton.

»Good morning, America!« Die zwölf Vögel glotzten ihn lächelnd an und warteten auf Reaktion. Er glotzte zurück.

»Sir, wir sind etwas verunsichert.« Irgendwie erinnerten ihn diese Vögel an eine japanische Reisegruppe, die dankbar darauf wartete, was als Nächstes passierte. In der Mitte der Rädelsführer, dessen höflicher Grundton Remick jetzt schon nervte.

»Wenn Sie uns die Frage gestatten: Wohin hat man uns gebracht?«

Remick runzelte die Stirn, wie man die Stirn runzelt, wenn ein freundlicher Vogel diese Frage stellt.

»Alles in Ordnung, Sir?«, fragte der Vogel.

»Amerika«, sagte Remick, der noch mal prüfte, ob ihn jemand dabei beobachtete. Er schaute nach rechts, nach links, nach oben. Und dann wieder in den Karton.

Der Rädelsführer blickte in die Runde und wiederholte: »Amerika!« Die anderen nickten zufrieden und glotzten synchron wieder zu Remick. »Das ist sehr nett. Danke sehr.« Remick war verwirrt und wusste beim besten Willen nicht, was er sagen sollte. Also schwieg er.

»Amerika, das Land der unbegrenzten Möglichkeiten, nicht?«, bemühte sich der Vogel, das Gespräch am Laufen zu halten.

Remick nickte. »Sie können sprechen?«, fragte er schließlich. Der Vogel sah ihn verdutzt an. »Ja, natürlich können wir sprechen. Was einem in der Tierwelt aber auch nicht unbedingt weiterhilft, das können Sie mir glauben.« Plötzlich machte der Vogel seltsame Hüpfbewegungen, kam aber nicht vom Fleck. »Sir, würde es Ihnen etwas ausmachen, mich aus dem Karton zu heben? Ich würde wahnsinnig gerne das sehen, was Sie als Amerika bezeichnen.«

Remick vermutete eine Falle. Doch dem debilen Gesichtsausdruck des Vogels konnte er nichts entgegensetzen. Also hob er ihn heraus und setzte ihn auf den Boden. Der Vogel war sehr dick. Beschwerlich wankte er durch das *Green Door*.

»Habe ich mir anders vorgestellt. Aber es ist … nett. Nicht Neuseeland. Aber nett.« Er glotzte wieder zu Remick hinauf.

»Sie müssen entschuldigen. Dieses Reisen macht uns müde.«

»Jetlag?«

»Und nachtaktiv. Aber wahrscheinlich nur eine Frage der Gewohnheit«, sagte der Vogel, während er sein Gefieder kräftig durchschüttelte.

Ein plötzlicher Reflex nötigte Remick dazu, dem Vogel seine Hand entgegenzustrecken: »Remick. Joe Remick.« Der Vogel sah ihn freundlich, aber verwirrt an.

»Das ist mein Name. Joe Remick. Und Sie sind …?«

»Wir sind Kakapos. Aus Neuseeland. Ein gewisser Mister Lachman war so freundlich, uns in diesen Karton zu stecken.«

»Und Sie fragen gar nicht, warum?«, fragte Remick erstaunt.

»Warum?«, gab der Vogel ebenso erstaunt zurück. Spätestens jetzt wusste Remick, dass dieser Kakapo sogar für Vogelverhältnisse völlig bescheuert war. Da half die Tatsache, dass er sprechen konnte, auch nichts.

»Die Kakapos sind vom Aussterben bedroht«, erklärte Remick.

»Papperlapapp.« Der Vogel sah ihn milde lächelnd an. »Wir sind doch hier. Oder?«

»Ja, schon, aber es gibt nur noch sechsundachtzig Stück von Ihnen.«

»Wirklich? Das ist ja erfreulich! Ich dachte, es gibt nur uns.«
Remick runzelte die Stirn, wie man die Stirn runzelt, wenn
man einem hoffnungslosen Irren gegenübersteht. »Sechsundachtzig ist nicht viel.«

Der Vogel watschelte durch den Raum. Vor einem Tisch
setzte er wieder zu Hüpfbewegungen an. »Mister Remick,
wären Sie vielleicht so freundlich?« Remick hob ihn auf den
Tisch. Ein begeistertes: »Amerika!«

»Sagen Sie, können Sie nicht fliegen? Sie sind doch ein
Vogel.«

»Fliegen? Wozu?«

»Ja, zum Beispiel, um vor Ihren Feinden zu flüchten.«

»Feinde? Papperlapapp.«

Der Vogel sah sich um.

»Amerika«, hauchte er noch einmal begeistert in den leeren
Speisesaal.

»Ihnen ist aber klar, dass Sie in Kürze in meiner Pfanne
landen?«

Eine Anmerkung, die Remick im selben Moment unpas-
send formuliert erschien. Aber irgendwie war es ihm ein
Bedürfnis, den Vogel über seine missliche Lage aufzuklären.
»Pfanne? Das klingt doch gut. Sehr gut.« Der Vogel setzte
wieder sein japanisches Reisegruppengesicht auf.

»Sie verstehen nicht. Ich werde Sie braten und eine Gruppe
degenerierter Gäste wird Sie genüsslich verspeisen.«

Der Kakapo nickte zufrieden. »Sehr gut. Man hat wirklich
für alles gesorgt.«

Inzwischen war sich Remick nicht mehr sicher, ob der Kakapo wirklich verstand, was er sagte, oder Sätze nur phonetisch

nachbildete und das alles nur zufällig eine Gesprächsstruktur ergab. »Sie sind nicht zum Vergnügen hier, verdammt noch mal«, konstatierte er den Ernst der Lage.

»Ich verstehe Ihre Aufregung nicht ganz. Ich spreche für die Gruppe, wenn ich sage: Pfanne klingt gut.«

Remick nickte. »Gut. Dann hole ich jetzt das Küchenmesser und wir bringen es hinter uns.«

Der Kakapo lächelte. »Ich müsste zwar noch mit der Gruppe Rücksprache halten, aber das ist reine Formalität. Sie können davon ausgehen, dass das in Ordnung geht.«

Remick ging wütend in die Küche. Als hätte er den verdammten Kakapo gefragt, ob das in Ordnung ginge! Niemand interessierte sich für die Meinung eines unterbelichteten Vogels! Kurzen Prozess und ab in die Pfanne. Diese Viecher waren eine Schande für die Evolution. Man konnte sie ruhigen Gewissens verspeisen. Der Natur war damit nur ein Gefallen getan. Remick nahm ein Messer und ging zurück.

»Warum sind Sie eigentlich so wütend?«, erkundigte sich der Vogel unverändert höflich.

Genau. Warum war Remick eigentlich so wütend?

»Könnte es sein, dass Sie gar nicht auf uns wütend sind?«

Remick stand mit dem Messer direkt über dem Vogel. Dieser zeigte sich unbeeindruckt und blieb ruhig.

»Wie meinen Sie das?«

Er konnte es noch immer nicht glauben, dass er dieses Gespräch führte.

»Nun, mir scheint, dass Sie die Wut, die Sie auf sich selbst haben, jetzt auf uns projizieren.«

Der Vogel lächelte ihn gütig wissend an, was Remicks Rage verstärkte.

»Schwachsinn. Sie landen in meiner Pfanne. Das ist rein professionell.«

Der Vogel schüttelte den Kopf. »Na, ganz unemotional scheinen Sie mir die Sache aber nicht anzugehen. Ich will Ihnen natürlich nicht zu nahe treten.«

»Dann halten Sie den Schnabel!«

Der Vogel gehorchte und sah ihn lächelnd an. Remick hielt das Messer zittrig in der Hand. Zum Ausholen bereit. Aber irgendetwas hemmte ihn. Warum konnte er den Vogel nicht einfach schlachten, wie er schon Tausende von diesen Viechern der Pfanne zugeführt hatte?

»Sir, Sie zögern?«, sprach der Vogel.

»Und Sie nerven!«, stieß Remick aus, als er das Messer sinken ließ. Warum? Hatte er Mitleid? Nein.

Dachte er an das Aussterben der Kakapos? Nein.

Fiel es ihm schwer, einen völlig Bescheuerten, der offensichtlich nichts verstand, zu töten? Vielleicht. Obwohl er den Eindruck nicht loswurde, dass dieser Kakapo genau verstand, um was es hier ging. Vielleicht sogar besser als Remick selbst.

»Ich bin nicht wütend auf mich selbst«, sagte Remick mehr zu sich als zu seinem Gegenüber.

»Na, dann cheerio! Voran, voran!«, rief der Vogel in seinem provokant milden Ton.

Genau: Voran, voran! Remick hob das Messer, kniff die Augen zu und versuchte seine gesamte Energie in die Hand zu leiten. Jetzt! Jetzt! Jeeeeeetzt!

Nichts.

Starr stand Remick vor dem Vogel. Er brachte es einfach nicht fertig. In wenigen Minuten würde der Lehrling kommen. Was für eine Blamage! Er konnte schon das Gerede hören. »Joe Remick ist am Ende.« »Joe Remick geht vor einem Vogel in die Knie.« »Joe Remicks neue vegetarische Küche!« Kalter Schweiß trat auf seine Stirn.

Der Vogel stand weiter unbeeindruckt vor ihm. »Und jetzt, Joe Remick? Sie werden doch nicht erwarten, dass wir uns selbst der Pfanne zuführen?«

Remick steckte das Messer weg. »Ich brauche einen Whisky.« »Ich will Sie ja nicht unter Druck setzen, Mister Remick, aber Alkohol erscheint mir jetzt kontraproduktiv. Finden Sie nicht, dass Sie einen klaren Kopf behalten sollten?«

Remick stürzte den Inhalt des Glases in den Rachen, als könne er sich damit in ein neues Leben beamen. »Was wollen Sie von mir?« Remick begann zu ahnen, dass hinter dieser merkwürdigen Begegnung so etwas wie ein Plan steckte. Schließlich war Weihnachten und vielleicht hatte ihm jemand einen Engel der Vergeltung geschickt?

»Mister Remick, wir wollen nichts. Absolut nichts.«

Das war es. Genau *das*. Es war diesen Vögeln egal, ob sie ausstarben, ob sie lebten, ob sie in Amerika waren oder ob sie in seiner Pfanne landeten. Sie erwarteten nichts von ihm, sondern ergaben sich vollkommen ihrem Schicksal. Und damit konnte Remick nicht umgehen.

Er war es gewohnt, gefordert zu werden. Seine Frau forderte jeden Monat höhere Alimente. Sein Sohn forderte Liebe. Seine Mutter forderte Nähe. Seine Freundin forderte … keine

Ahnung, was sie forderte, aber sie forderte ständig. Und die Welt forderte geniale kulinarische Höhepunkte. Nur diese Vögel forderten nichts. Sie reagierten nicht auf ihn. Sie akzeptierten alles, was er tat. Das war die Hölle. Er verlangte … Gerechtigkeit. Nein … Aufmerksamkeit. Konsequenzen! Joe Remick hatte Angst. Angst, dass nichts mehr von ihm erwartet wurde. Er wollte für Böses gehasst und für seine Genialität bewundert werden. Was war er ohne Sätze wie: »Remick, du bist eine Enttäuschung!« Oder: »Remick, Sie haben unsere Erwartungen übertroffen!« Ein Nichts. Ein gottverdammtes schwarzes Loch, durch das jedermann durchsieht.

Kalter Schweiß auf Remicks Stirn. Lachman!

»Mister Remick, ich will wirklich nicht ungeduldig erscheinen, aber irgendwie haben wir das Gefühl, dass die Situation ins Stocken gerät.«

Er bedeutete dem Vogel, kurz innezuhalten. Dann zückte er panisch das Telefon. Er wählte Lachmans Nummer. Mobilbox. Nach dem dritten Mal hinterließ er eine Nachricht. »Lachman, Sie Gauner. Sie können die verdammten Viecher wieder abholen. Hören Sie. Die taugen nichts. Das Dinner fällt aus. Sie haben versagt!«

Doch Lachman würde nicht zurückrufen. Nicht heute. Nicht morgen. Und auch nicht in einem Jahr.

Remick war überfordert. »Sie … Sie können gehen«, sagte er.

»Es ist mir aus unerklärlichen Gründen nicht möglich, Sie der Pfanne zuzuführen.«

Der Vogel ging langsam auf ihn zu und rieb sein Gefieder am Fuß des Koches. Arm hatte er ja keinen, den er um den armen Remick legen konnte.

»Mister Remick, nehmen Sie es nicht zu hart. Es beweist doch nur, dass Sie ein gutes Herz haben.«

»Ein gutes Herz. Scheiße. Ich kann es nur nicht ertragen, wenn man mich nicht ernst nimmt.«

»Wir nehmen Sie ernst.« Der mitleidige Tonfall des Kakapos war eine einzige Provokation. »Mister Remick. Darf ich Sie um etwas bitten?«

Remick sah ihn verdutzt an.

»Sie werden verstehen, dass wir ortsunkundig sind. Wo können wir hier etwas Nahrung finden?«

Remick schüttelte den Kopf, lachte laut auf und setzte dann ein schicksalsergebenes Gesicht auf. »Was darf es sein?«, fragte er entnervt.

»Das überlassen wir ganz Ihnen.«

Für was hielt sich dieser verdammte Vogel eigentlich?

»Nun, wir sind Vegetarier, aber sonst ...«

»Schon gut. Ich sehe, was sich machen lässt. Aber dann ... dann verschwinden Sie.«

»Natürlich, Sir.« Der Kakapo setzte ein Lächeln auf, das Remick versicherte, dass er die Viecher nie wieder loswerden würde.

»Mister Remick?«

»*Ja?*«

»Frohe Weihnachten.« Der Vogel lächelte und kämpfte mit den Tränen.

Remick schnappte sich eine Karotte und begann, sie zu schneiden. »Ja, ja ... frohe Weihnachten.«

COWBOYS

Hermann Kanter hatte keine Freunde. Kanter sagte, ein Mann, der immer Frauen hat, braucht keine Freunde. Von einer zur nächsten. Und zweimal zurück. Nachdem Anneliese ihn verlassen hatte, war das mit dem Frauenhaben allerdings auch vorbei.

Was er hatte, waren 800 000 Schulden, eine harte Leber und kein Zuhause.

»Die Zukunft war gestern«, hatte er neulich im Fernsehen gesagt.

Sie luden ihn nur noch ein, um den kaputten Kanter zu bestaunen.

Von einer Freakshow zur nächsten.

»Mit *Haus am Meer, Bier für Helden* oder *Ich bin mein Chef* wurde er berühmt. Er schrieb Hits für die Größten in der Musikbranche. Aber Alkohol und falsche Freunde zogen ihn in den Abgrund. Begrüßen Sie mit mir den letzten Cowboy Deutschlands: Jeff Kanter!«

Hermann Kanter hatte sich seinerzeit für Jeff entschieden, weil es klang wie Chef. Er bewunderte Bruce Springsteen. Aber mit Johnny Cash gab es gemeinsame Fotos.

»Wissen Sie. Es gibt nur zwei Arten von Männern. Männer im Frieden. Und Männer im Krieg. Ich ziehe jetzt in den

Krieg und hole mir alles zurück, was man mir genommen hat. Für tausend Euro spiele ich überall. Ich rechne mit 800 Anfragen, das wird meine Schulden decken.«

Tatsächlich kamen über 3000. Kanter kaufte sich einen Wohnwagen. Er war seit vier Jahren unterwegs.

»Erst seit ich im Wohnwagen durch halb Europa gondle, fühle ich das, was ich mit meinen Liedern ausdrücken will.«

Doch niemand interessierte sich für die Lieder. Es durfte keinen anderen Kanter als den kaputten Kanter mehr geben.

»Jeff Kanter am Nullpunkt seiner Karriere. Einst füllte er Hallen, jetzt spielt er auf Hochzeiten und in Wohnzimmern. Was war Ihr skurrilstes Erlebnis?«

Gerne erzählte er die Geschichte von der Schwulenhochzeit oder von dem Kindergeburtstag bei McDonald's.

»Wissen Sie, ich habe erst durch diese Tour die Menschen, für die ich schreibe, wirklich kennengelernt. Ich höre ihre Sorgen und sage ihnen: Jeff Kanter ist einer von euch.«

Früher trank er, um vor ein Massenpublikum treten zu können. Heute trank er, um sich ein solches vorzustellen. Noch 30 Kilometer bis zum nächsten Gig. Frau Berner hatte ihm versichert, es würde der unvergesslichste Geburtstag ihres Mannes werden. Wie lange er denn für die tausend Euro spielte und ob man sich da auch etwas wünschen könnte.

»Wissen Sie, mein Mann ist der größte Johnny-Cash-Fan. Sie sind doch mit ihm befreundet. Und da dachte ich, Sie könnten ein kleines Medley spielen.«

Kanter hatte es aufgegeben, den Leuten zu erklären, dass er keine Wunschkonzerte gab.

»Kein Problem, Frau Berner. Ich werde um mein Leben spielen.«

Das wollte sie hören. Noch 10 Kilometer.

Als er vor dem Bungalow der Berners zu stehen kam, stieg er seufzend aus. Er öffnete das Wohnmobil und blickte direkt in das lächelnde Porträt von Elvis Presley. Springsteen hin, Cash her. Elvis blieb der Größte. Daneben hing ein Bild seiner Mutter. Sie tat sich ein wenig schwerer mit dem Lächeln, was nicht nur an dem fehlenden Schneidezahn lag, war aber für ihn die klare Nummer zwei. Sie hielt zu ihm in allen Lebenslagen. Leider starb sie zwei Jahre bevor es Kanter begann so richtig schlecht zu gehen. Und natürlich Kassel, der Hund. Er hing neben Mutter Kanter. Jeff hatte ihn nach seinem schlechtesten Auftritt benannt. Kassel, 1984. Eine echte Katastrophe. Kassel starb letztes Jahr und hing hier eigentlich nur aus schlechtem Gewissen. Der stockbesoffene Kanter hatte ihn auf dem Pannenstreifen ohne Leine laufen lassen. Das Foto zeigte Kassel vor dem Wohnmobil liegen. Und wenn Kanter betrunken war, rührte ihn das Foto zu Tränen.

Er stieg in sein mobiles Wohnzimmer. Aus dem Kasten kramte er drei Outfits und steckte sie in den Koffer. Das vierte zog er an. Kanters Gesetz: Trete niemals in deinen Privatklamotten vor dein Publikum. Und der Auftritt begann mit dem Läuten an der Eingangstür.

»Jeff Kanter ist in der Stadt.«

»Ich habe Sie mir immer größer vorgestellt.«

»Frau Berner, ich bin nur ein kleiner Mann, der die Größe des Lebens besingt. Wo darf ich meine Gitarre hinstellen?«

»Im Wohnzimmer, wenn es Ihnen recht ist. Hier steht normalerweise der Fernseher. Es ist Günthers Lieblingsplatz. Sie könnten genau vor dem Sofa stehen. Wollen Sie Kaffee?«

»Und Wasser für mein Pferd.«

Ein Scherz, der nicht ankam.

»Günther müsste in einer Stunde hier sein. Ich habe auch noch die Rohrmanns eingeladen. Sie sind unsere Nachbarn. Ich hoffe, das stört Sie nicht.«

»Keineswegs, Frau Berner.«

»Ich habe Ihnen auch eine Garderobe vorbereitet. Es ist das Jugendzimmer unseres Sohnes. Ich dachte, Sie wollen sich vielleicht vorbereiten. Und es soll ja eine Überraschung sein. Ist der Kaffee in Ordnung?«

»Frau Berner, der Kaffee ist köstlich. Haben Sie vielleicht ein Bier im Haus?«

»Ein Bier für Helden?«, zwinkerte sie ihm zu und verschwand in der Küche.

Kanter sah sich um. An den Wänden hingen Fotos. Sie zeigten die Berners bei einem Rodeobesuch in Texas, mit einem Pappaufsteller von Johnny Cash, gegen den Sonnenuntergang reitend, gemeinsam mit ihrem Sohn, der die Westernklamotten offensichtlich unfreiwillig trug. Ein Foto zeigte die beiden mit Kanter nach einem Konzert. Er konnte sich aber nur an die Zeiten erinnern. An das Foto nicht.

Die Decken des Bungalows waren sehr niedrig. Die Einbaukästen verstärkten den Wunsch nach frischer Luft.

»Herr Kanter, ich sage Ihnen: Ich kann es kaum erwarten, Günthers Gesicht zu sehen.«

»Es ist eine tolle Überraschung, Frau Berner. Wie alt wird denn Ihr Mann, wenn ich fragen darf?«

»Sechzig, wir sind seit 34 Jahren verheiratet.«

Sie stellte ihm das Bier hin. Er nahm es und hielt es hoch.

»Frau Berner, sagen Sie doch Jeff zu mir.«

»Ich bin die Monika, aber Günther nennt mich Moni Moni. Ich kann es kaum glauben, dass Sie hier sind … Jeff.« Schüchtern hob sie das Glas.

»Also, auf heute Abend.«

»Dein Mann kann sich glücklich schätzen, Moni … Moni.« Nervös fiel ihr Blick auf die Uhr.

»Die Rohrmanns sollten längst hier sein.«

Verlegen zupfte sie am Tischtuch.

»Was macht Günther beruflich?«

»Er betreibt die Kantine im Tennisclub. Aber eigentlich sparen wir auf unsere Farm in Neuseeland.«

»Es ist schön, einen gemeinsamen Traum zu haben.«

»Ja, man hat dann etwas, worüber man reden kann.«

Ihr Blick fiel wieder auf die Uhr.

»Günther wird in 30 Minuten hier sein. Sie könnten wenigstens anrufen, wenn sie schon zu spät sind.«

»Sie werden jeden Moment hier sein.«

»Noch ein Bier?«

»Gern.«

Frau Berner verschwand in der Küche. Ihr schneller, gebückter Gang ließ Kanter an eine Heuschrecke denken. Die Proportionen der Wohnung wirkten eine Spur zu klein für die schlaksige Frau Berner. Durch die dünnen Wände hörte er sie mit jemandem sprechen.

»Alles in Ordnung?«

»Die Rohrmanns werden nicht kommen.«

Sie ging zwischen den beiden Stühlen auf und ab. Ihr Kleid sah aus, als hätte sie es vor 20 Jahren gekauft und für diesen Abend wieder hervorgekramt. Kanter wagte es nicht, nach dem Grund für das Fernbleiben der Nachbarn zu fragen.

»Moni, es wird trotzdem ein toller Abend. Ich werde nur für euch beide spielen.«

Sie rang sich ein Lächeln ab, nickte und setzte sich hin, um jetzt wieder am Tischtuch zu zupfen.

»Sie sollten sich umziehen.«

Kanter sah sie verdutzt an.

»Ich bin schon fertig.«

Ein enttäuschter Blick fiel auf Kanter.

»Verstehe. Ich hatte gehofft, Sie ... du würdest etwas anderes anziehen.«

»Aber Schwarz ist die Farbe des Meisters. Das sollte deinem Mann doch gefallen.«

»Mir gefällst du glitzernd besser.«

Sie schickte ihm ein zögerliches, aber bestimmtes Lächeln.

»Also, ich werd dann mal«, sagte Kanter und verschwand Richtung Backstage.

Er nahm auf dem knarrenden Jugendbett Platz. In den Regalen die Kuscheltiere des Sohnes. Die gesammelten Werke von Karl May standen neben Drei-Fragezeichen-Platten. Das Zimmer schien seit Jahren unberührt. Er dachte darüber nach, ob er ihrem Wunsch nachkommen sollte.

Als er das schon etwas knapp sitzende Glitzerteil, in dem er aussah wie Old Shatterhand, der in den Himmel auffuhr, im Spiegel betrachtete, fiel ihm auf, dass sich die Veranstalterin und er kein Zeichen für den Beginn ausgemacht hatten. Wenn er jetzt hinausging, lief er bereits Gefahr, Frau Berner die Überraschung zu verderben. Mein Gott, diesen Anzug hatte er zuletzt vor 15 Jahren bei einem *Wetten, dass..?*-Auftritt getragen. Er setzte sich und dachte an alte Zeiten. Ein Bier! Aber er musste sich wohl bis zum Auftritt gedulden.

Er konnte nicht einschätzen, wie lange er eingenickt war. Draußen war es inzwischen dunkel geworden. Als er seinen Atem anhielt und lauschte, vernahm er nichts. Er stand auf und schlich durch den Gang. Er presste sein Ohr gegen die Wohnzimmertür. Stille. Zögerlich drückte er die Klinke. Das Zimmer war hell erleuchtet. Von Günther und Moni fehlte jede Spur. Die Decken wirkten noch niedriger als zuvor. Durch die dünnen Wände konnte er Moni schluchzen hören. Er folgte dem Geräusch in die Küche, wo Frau Berner vor einer halb geleerten Sektflasche saß.

»Würden Sie trotzdem spielen?«

»Haben Sie vielleicht noch ein Bier?«

Sie deutete auf den Kühlschrank. Dann schluchzte sie weiter.

»Hat er sich gemeldet?«

Sie schüttelte den Kopf.

»Ich habe in der Kantine angerufen. Die dachten, er hätte sich wegen des Geburtstags frei genommen.«

»Sie sollten die Polizei alarmieren.«

Sie trank das Glas in einem Zug aus und stellte es hin.

»Der ist weg. Das weiß ich.«

Als sie Kanter ansah, musste sie kurz lächeln.

»Sie haben das Glitzerkostüm angezogen.«

Kanter nickte.

»*Wetten, dass..?*! Ich erinnere mich genau.«

Sie lächelte ihn an, als könnte sie mit diesem Wissen ebendort auftreten.

»Mam, es wäre mir eine Ehre, wenn ich jetzt für Sie spielen dürfte.«

Der Luster versperrte zwar ein wenig die Sicht auf den stehenden Kanter. Aber durch den Couchtisch war so etwas wie ein Bühnenbereich markiert. Frau Berner saß ein paar Meter entfernt. Ihre Knie ragten über die Tischkante. Gebückt saß sie da und heulte, während Glitzer-Kanter einen Johnny-Cash-Klassiker nach dem anderen spielte. Dazwischen hob Frau Berner immer wieder das Gesicht, um ein wahnwitzig breites Lächeln in dieses zu zaubern. Allerdings ohne dabei mit dem Weinen aufzuhören. Dazwischen applaudierte sie jedes Mal so lange, bis sich Jeff Kanter verbeugte. Zu jedem Lied erzählte er ihr eine Anekdote. Und als nach der achten Zugabe noch immer kein Ende in Sicht war – Frau Berner hatte schon die zweite Sektflasche im Alleingang geleert –, sagte Jeff:

»Liebe Moni, das letzte Lied widme ich ausschließlich dir.«

Plötzlich verschwand das wahnwitzig breite Lächeln aus ihrem Gesicht. Sie starrte den innehaltenden Kanter schweigend an. Und als dieser nicht reagierte, wurde sie von noch heftigeren Weinkrämpfen gebeutelt. Jeff Kanter blieb nichts übrig, als den Bühnenbereich zu verlassen.

»Aber Moni, irgendwann hat alles ein Ende.«

Er war sich selbst nicht sicher, ob er jetzt das Konzert oder Beziehungen im Allgemeinen meinte. Moni krallte sich an ihm fest. Lallend flehte sie in sein Ohr:

»Bitte, geh nicht, Jeff.«

Dieser hatte schon einen halben Kasten Bier intus. Er sagte:

»Moni, ich kann nicht mehr.«

Sie umarmte ihn noch fester und begann ungeschickt an seinem Hals zu saugen.

»Jeff, ich bin eine sehr einsame Frau.«

Er versuchte sich zu lösen, aber es fühlte sich an, als hätte Frau Berner ein Vakuum zwischen ihren Lippen und seinem Hals erzeugt.

»Moni, was ist, wenn dein Mann auftaucht.«

Er hoffte, ein Gespräch könnte dieses Vakuum lösen. Doch Frau Berner schaffte es zu sprechen, ohne das Saugen einzustellen.

»Er wird nicht kommen. Das weiß ich.«

»Er ist schon vor langer Zeit gegangen, stimmt's?«

Frau Berner nickte, während sie schluchzte und saugte.

»Bleib hier, Jeff. Nur eine Nacht.«

Kanter fasste sie an den Schultern, strich ihr das nasse Haar zur Seite und sagte:

»Schau mich an.«

Sie zog die Nase hoch und sah ihn an.

»Ich kann das nicht, verstehst du. Das hat nichts mit dir zu tun. Aber ich bin ein Cowboy. Ich gehöre auf die Straße.«

»Günther war auch ein Cowboy.«

Er küsste ihre Stirn, was sie mit geschlossenen Augen goutierte.

»Wo ist er denn hin, Moni?«

»Willst du ihn sehen?«

Frau Berners Augen öffneten sich und lächelten ihn verrotzt an. Ein kalter Schauder lief Kanter über den Rücken. Kassel!

»Was meinst du damit?«

»Komm, ich zeig ihn dir?«

»Aber er lebt doch, oder?«

Da musste Moni lachen und obwohl sie nicht fest zudrückte, war es Kanter unmöglich, seine Hand aus der ihrigen zu lösen. Wie ferngesteuert folgte er ihr. Als Moni vor der Kellertür stehen blieb, hielt sie ihren langen Zeigefinger auf seinen Mund.

»Wir müssen jetzt leise sein.«

Kanter machte sich auf alles gefasst.

»Es riecht nach Formalin«, sagte er.

»Blödsinn«, flüsterte sie.

Geräuschlos öffnete sich die Tür. Der Raum war stockdunkel.

»Du zuerst«, sagte Moni. »Ich habe Angst im Dunkeln.«

Kanter zwinkerte ihr mannhaft zu und machte den ersten Schritt.

»Hallo?«, scherzte er.

Mit einem lauten Ruck fiel die Tür ins Schloss.

»Hallo! Moni!«

Er rüttelte an der Tür.

»Moni, was soll das!«

Er klopfte mit der Faust. Er trat mit dem Fuß dagegen.

»Das bringt deinen Mann auch nicht zurück!«

Er lief an und sprang mit der Schulter gegen die Tür.

»Sie werden mich suchen! Meine Agentur weiß, wo ich stecke!«

Moni hatte direkt gebucht. Es gab keine Agentur.

»Moni!«

Kanter blieb im Dunkeln stehen. Stille. Nur sein kurzer Atem füllte den Raum. Er fühlte sich beobachtet. Als würde jemand neben ihm stehen. Er hielt den Atem an. Er drehte sich im Kreis. Er schlug mit den Armen um sich. Nichts.

»Moni!«

Und dann fühlte er sie, die zittrige Hand, die von hinten seine Schulter berührte.

»Sind Sie Jeff Kanter?«

Die Stimme eines Mannes, der jetzt sein Gesicht abtastete.

»Günther?«

»Jeff Kanter. Ich glaube es nicht. Dann muss heute tatsächlich mein Geburtstag sein.«

MOTTENFÄNGER

In meiner Kindheit hat man ständig Dinge in Schränken versteckt: Stereoanlagen, Fernsehapparate, Telefone, Vaters Silbermünzen, Spirituosen, ja, und meine Großmutter verbarg dort sogar die Vergangenheit, über die sie mit keinem reden wollte. Als sie dann starb und wir Kinder und Eltern in einem Akt der familiären Solidarität den modrigen Schrank – der roch, wie nur Schränke von toten Großmüttern riechen können – ausräumten, fiel es uns wie Schuppen von den Augen.

»Wie Schuppen von den Augen?« Als hätte irgendjemand, den ich kannte, je Schuppen auf den Augen gehabt. Hätte in unserer Familie jemand darunter gelitten, dann hätte man auch diese in irgendeinem Schrank für seltsame Hautkrankheiten versteckt. Auf jeden Fall fiel uns die Lade herunter, was bei den Einbauschrank-Obsessionen meiner Familie wahrscheinlich die entsprechendere Formulierung wäre.

Fein säuberlich hing sie dort, noch immer den chemischen Duft einer Reinigungsfirma verbreitend, die bereits in den 50ern Pleite gegangen war. Nostalgisch und penetrant. Die SS-Uniform meines Großvaters. Da standen wir also – solidarisch, wie Familien nur zu Begräbnissen werden und konnten niemanden mehr fragen, was diese verdammte Jacke dort zu suchen hatte. Stattdessen: Das peinlich berührte Schweigen einer österreichischen Familie, die es bis zu diesem Tage geschafft hatte, die meisten Angelegenheiten des Lebens in Einbauschränken unterzubringen.

Eine solche Verdrängung des Alltäglichen wäre in den meisten anderen europäischen Städten schon aufgrund der durchschnittlichen Wohnungsgröße nicht möglich gewesen. Nehmen Sie London oder Amsterdam – kein Platz für Lagerungen dieses Ausmaßes, und das ist vielleicht mit ein Grund für den unbändigen Drang, seine Schränke in anderen Ländern aufzustellen. Aber in Österreich – wo man nicht umsonst stolz auf eines der dichtesten Kanalisationsnetze der Welt ist – verstaut man alles im eigenen Land, und kein Verdauungsapparat der Welt könnte das, was …

»Sie riecht eigenartig«, brach meine Mutter das Schweigen.

»Sollen wir sie waschen?«, entgegnete mein Vater. »Ich weiß nicht.«

»Lass sie mal hängen.«

»Wir haben noch den ganzen Keller vor uns«, meinte meine Mutter. Und mein Vater nickte und wartete, dass sich einer von uns von der Stelle rührte. Aber keiner rührte sich, als übte diese penetrant riechende SS-Uniform noch immer Befehlsgewalt aus.

Nach ungefähr fünf Minuten machte meine Mutter den Anfang. Sie begann, die oberste Reihe Textilien von den Regalbrettern zu nehmen. Übervorsichtig bemüht, den schwarzen Stoff der Uniform ja nicht zu streifen.

»Es ist nicht zu fassen«, flüsterte sie, eine Bluse meiner Großmutter betrachtend.

»Nicht zu fassen«, wiederholte sie es eindringlich. »Sie hat diese Bluse seit zehn Jahren nicht mehr getragen. Kein einziges Mottenloch. Sieh mal.«

Interesse vortäuschend neigte mein Vater den Kopf und sagte: »Nicht zu fassen. Tatsächlich!«

Meine Mutter nahm alle Blusen in eiligem Tempo heraus. Sie durchsuchte jede einzelne nach Mottenspuren. Aber es war: »Nicht zu fassen. Wie neu.« Und mein Vater, in solidarischem Gehorsam, setzte jedem »Nicht zu fassen« ein »Tatsächlich« hinterher.

Nach ungefähr 40 »Nicht zu fassen«- und »Tatsächlich«-Sätzen baumelte die Uniform allein im Schrank. Als das letzte Stück Eigengeruch meiner Großmutter entfernt worden war, hing der penetrante Geruch der SS-Jacke in aller Deutlichkeit vor unseren Nasen. Scharf. Bitter. Sauber. Überdeckend. Anhaltend. Mottengift. Meine Großmutter hatte – wahrscheinlich weil sie ohnehin keiner mehr trug – eine Unmenge Antimottenstreifen in den Innenseiten der Jacke versteckt. Still und heimlich hatte die SS-Uniform meines Großvaters also noch einen Motten-Holocaust angerichtet,

Wie ich darauf komme?

Nun, in dem Schrank, in dem ich mich seit ungefähr zwei Minuten verstecke, riecht es genauso penetrant nach Antimotte wie in dem meiner Großmutter.

Natürlich kann ich Ihnen nur schwer widersprechen, sollten Sie jetzt meinen: »Wenn seine Familie schon immer alles in irgendwelchen Schränken versteckte, dann ist es auch kein Wunder, wenn auch er sich eines Tages in einem Schrank wiederfindet.« Was soll ich sagen? Dieser Tag ist gekommen. Und es war nur eine Frage der Zeit.

Begonnen hat alles vor einem Jahr. Und seither haben wir uns überall geliebt. Im Kaufhaus. Im Aufzug. Im Auto. Im Park. In der Sauna. Im Hotel. In einer öffentlichen Toilette. In der U-Bahn. Im Schwimmbad. Ja, sogar im Schrank auf einer Party gemeinsamer Freunde. Und hätten wir gekonnt: Wir hätten es auch unter Aschenbechern, in leeren Weinflaschen, unter Secondhand-Buchumschlägen, in Hosentaschen von nichts ahnenden Fremden, unter den Augenlidern von schuppigen Versicherungsvertretern und inmitten des Drecks unter den Fingernägeln meines Automechanikers gemacht. Aber niemals hätte sich für mich die Frage nach ihrem oder meinem Bett gestellt.

Nicht aus moralischen Gründen. Moral spielte zu diesem Zeitpunkt schon längst keine Rolle mehr. Irgendwann hat sich nur noch die Frage nach dem Ertapptwerden gestellt und dann nicht einmal mehr diese. Unser erotischer Höhenflug hat uns glauben lassen, nichts könne uns etwas anhaben. Und so endeten wir heute Nachmittag im Bett meines besten Freundes Paul, der dort seit zehn Jahren neben ihr schläft.

Eva schrie, als wollte sie die Wände der letzten zehn Jahre niederreißen. Als wäre diese Wohnung ein Schrank, in dem ihr ganzes Leben vor der Außenwelt versteckt gehalten wurde. Johnny Cash röhrte *Personal Jesus,* als hätte er Angst, wieder in den Stereoschrank verbannt zu werden. Das Tageslicht flackerte durch die Jalousien. Und die Laken rochen so stark nach Paul, dass ich mich selbst vergaß. An keinem Ort schmeckte der Betrug so bittersüß wie in diesem Bett.

Wenige Minuten später sprang ich panisch auf, riss die Tür des Kleiderschranks auf, als gebe es dort einen direkten Ausgang in die brechend vollen Straßen von Delhi, wo ich in der Menschenmenge verschwinden und erst in irgendeinem Kino, wo sie einen alten *Aisha*-Film spielen, zu Atem kommen würde.

Stattdessen stand wenig später Paul in der Tür. Er schwieg. Eva täuschte vor, er hätte sie beim Masturbieren ertappt. Sehr clever, dachte ich mir, während ich überprüfte, ob ich auch alle Klamotten in Händen hielt. Positiv!

Ja, und jetzt sitze ich in diesem verdammten Schrank und höre Paul und Eva beim Vögeln zu. Ob sie bei Paul immer so schreit? Oder versucht sie, erotischen Kontakt zu mir zu halten?

Durch meine Nase fährt der scharfe Geruch der Antimottenstreifen. Ohne dass ich es recht merke, bewege ich die Hand im Rhythmus von Paul und Eva auf und ab. Ich onaniere im Schrank meines besten Freundes, während er draußen meine Geliebte vögelt, die auch zufällig seine Frau ist.

Wie es so weit kommen konnte? Eine berechtigte Frage. Und wie soll ich sie beantworten, ohne dass ich am Ende wie das größte

Arschloch dastehe – oder wie ein Perverser, der im Schrank von anderen Leuten onaniert? Lassen Sie mich zunächst meine sympathischen Seiten hervorheben.

Ich bin erfolgreich, loyal, charmant, bescheiden, selbstironisch, intelligent, gut aussehend und wohlhabend. Und ich beweise Mut zur Größe, indem ich auch meine Schwächen nicht verbergen will: Ich vögle die Frau meines besten Freundes. Mein Gott! Dieser Bastard weiß sie doch ohnehin nicht zu schätzen. Er vernachlässigt sie. Interessiert sich nur noch für Karriere und seinen neuen Porsche-Zweisitzer. Und – glauben Sie es ruhig – ich rette ihm mit meinem Schwanz zweimal die Woche die Ehe. Ach ja – das habe ich übrigens vergessen zu erwähnen:

Auch ich bin verheiratet. Seit acht Jahren. Wir sind alle miteinander befreundet. Fahren sogar gemeinsam in Urlaub. Eva würde Paul niemals verlassen, weil sie das Lisa – meiner Frau und ihrer besten Freundin – niemals antun würde. Und natürlich weiß sie, dass ich Lisa ebenfalls niemals verlassen würde.

Stellen Sie sich vor, sie würde mit irgendeinem Unbekannten vögeln. Der vielleicht in keiner Beziehung lebt. Alles wäre unberechenbar. Nein. Ich bin ein nicht zu unterschätzender Stabilitätsfaktor in diesem vierteiligen Gefüge. Ich bin es, der hier die Balance hält. Paul muss das verstehen. Selbst wenn ich onanierend in seinem Kleiderschrank sitze.

Plötzlich ist es still. Kein Johnny Cash. Keine *Eva*. Kein Paul. Mein Blick sucht durch die Schlitze der Schranktüren nach ihren Koordinaten.

»Die Sicht ist schlecht, Sir!«, sagt Starbuck. »Aber wir sitzen jetzt schon ziemlich lange hier fest!«

Ich überlege. »Machen Sie startklar. Es wird Zeit.« Starbuck nickt und verschwindet eilig hinter den baumelnden Jacken im Dunkel des Schrankes. Er hat recht. Wir wissen nichts über die Gefahr, die hinter dem Nebel dieser Schranktüren wartet.

Plötzlich: Stimmen!

»Hier stimmt doch etwas nicht.«

»Was soll nicht stimmen? Komm doch wieder ins Bett.«

»Nein. Irgendetwas geht hier vor.«

»Was meinst du?«

»Wo ist er?«

»Wer?«

»Du hältst hier doch irgendwo einen Mann versteckt!«

»Jetzt verlierst du völlig den Verstand!«

»Er wird doch nicht unter dem Bett ... «

Die Situation spitzt sich zu. Mein Blick wechselt zwischen Schlitz und Jacken. Wo bleibt Starbuck? Es ist nur eine Frage von Sekunden, bis ...

Und dann fällt es mir auf. Unbändige Wut schießt hoch. Mein Blut stockt vor Entsetzen.

Ich koche. Ich schäume. Wie Babs Becker 2001, wie Uschi Glas 2002, wie Jennifer Aniston 2006, wie die Queen in all those difficult years.

Damit hätte ich niemals gerechnet. Dieses Schwein!

Als ich die Jackenfront zur Seite schiebe, um nach Starbucks Verbleib zu sehen, halte ich sie in Händen, starre sie ungläubig an. Das Brandloch am rechten Ärmel – kein Zweifel. Es war Paul, der vor 15 Jahren meine Lieblingsjacke gestohlen hat! Ich habe damals ein halbes Jahr für sie gespart, bin durch die ganze Stadt gepilgert, um sie zu finden – und nur eine Woche später, bei einem Fest gemeinsamer Freunde, war sie plötzlich verschwunden. Wochenlang habe ich jeden Passanten gemustert, ob er nicht zufällig diese Jacke trug. Und ich habe sie nie ganz aus meinem Gedächtnis gestrichen. Die perfekte Jeansjacke. Die einzige mit der richtigen Ausgewogenheit von ausgewaschenem Teint und lederner Steife. Und jetzt

»Es ist nicht zu fassen.«
»Tatsächlich.«

hängen doch an der Innenseite Antimottenstreifen – wahrscheinlich weil sie ohnehin keiner mehr trägt. »Nicht zu fassen«, wiederhole ich.

»Tatsächlich«, entgegnet Starbuck. »Wir sind startklar, Sir!«, nickt er mir dann zu, als Paul plötzlich die Läden aufreißt. Noch bevor er mich und meine Nacktheit erkennt, fahre ich hoch und verpasse ihm einen Kinnhaken, der ihn zu Boden schlägt. Nicht aus strategischen Gründen, nein. Aus blanker Wut. »Es ist nicht zu fassen! Paul!« Ich will aus dem Schrank steigen, um erneut auszuholen – doch Starbuck hält mich zurück: »Wir müssen los, Sir.«

Eva sieht mich an. Ich starre zurück. Schweigen.

Dazwischen das erwachende Stöhnen von Paul. »Lauf«, sagt Eva.

Mein Blick wechselt zwischen ihren aufgerissenen Augen und meiner alten Jeansjacke. Pauls Stöhnen. Evas Drängen. Aber die Jacke! »Die Jacke, verstehst du?«

Nachdem wir im Schrank meiner Großmutter die SS-Uniform meines Großvaters gefunden hatten, ging es bergab. Irgendwie lebten sich meine Eltern auseinander. Die Familie brach auseinander. Mein Vater lachte sich eine junge Sekretärin an. Mein Bruder zog ins Ausland – wahrscheinlich, um sich die mühsamen Grabenkämpfe der beiden zu ersparen. Und meine Mutter wollte von Männern nichts mehr wissen. Zumindest behauptete sie das ständig. Stattdessen pflegte sie das Grab meiner Großmutter mit übertriebenem Eifer. Und bewohnte nur noch die Hälfte der Zimmer unserer alten gemeinsamen Wohnung.

Zwei Jahre später ließen meine Eltern sich scheiden. Es wurde um alles gestritten – nur nicht um die alte SS-Uniform. Die blieb im Schrank hängen und wurde einmal im Jahr mit neuen Antimottenstreifen versehen. Das Eigenartige war, dass meine Mutter die Jacke im entleerten Schrank meines Vaters aufbewahrte – und in all den Jahren hatte sie dort kein einziges Kleidungsstück hinzugefügt. Der Schrank blieb leer, bis auf die Jacke.

Einmal fragte ich sie: »Warum tauscht du eigentlich jedes Jahr die Antimottenstreifen aus?« Meine Mutter sah mich verständnislos an: »Na, wegen den Motten.« Ich öffnete die

Tür: »Aber er ist leer.« Sie schüttelte nur den Kopf und schloss den Schrank wieder. Als wäre ich ein kleines Kind, das die Angelegenheiten der Erwachsenen noch nicht verstand.

»Lauf«, flüstert Eva. Pauls Augenlider flattern bereits halbbewusst vor sich hin.

»Aber die Jacke!«

Eva sieht mich verdattert an. »Welche Jacke?«

Mein Blick fällt zurück. Wenn ich die jetzt an mich reiße, dann ist für Paul völlig klar, wessen Schlag ihn aus der Schranktür traf. Nichts ist mehr wie früher.

Paul wird Eva verlassen. Er kann einen solchen Vertrauensbruch nicht ertragen. Und Eva? Ich sehe sie an. Sie wird uns nicht verraten. Sie wird einen Unbekannten erfinden, einen Gesichtslosen. Aber wird sie eine Affäre einfordern, nachdem sie sich von Paul getrennt haben wird? Bestimmt. Aber Eva ohne Paul? Das kann ich mir nicht vorstellen. Sie gehören zusammen. Es würde nicht funktionieren. Es würde die Balance gefährden. Auch, was unsere Affäre betrifft: Eva wäre allein eine völlig andere Frau.

Und die Jacke? Ich muss sie Paul überlassen. In meinem Bauch formt sich ein warmes Gefühl der Erleichterung. Es ist Pauls Schuld, die hier hängt. Wegen der Balance. Auch wenn die Jacke keiner mehr trägt und sie mitten zwischen Evas Kleidern hängt.

Ich laufe hinaus.

Drei Wochen später wird Eva ausziehen. Ihr Kleiderschrank wird leer bleiben. Nur die alte Jeansjacke mit den Antimottenstreifen wird dort unbeachtet hängen. Paul wird mit mir nicht über die Trennung sprechen wollen. Aber er wird von nichts wissen.

Eva wird mich kurz anrufen, von einer Autobahnraststätte. Sie wird sagen: »Ich wollte dir nur eine Chance geben.« Und ich: »Danke, aber … « Sie wird mich unterbrechen: »Schon gut. Das habe ich mir ohnehin gedacht.« Wenn sie auflegt, wird klar sein, dass wir uns nie wiedersehen werden.

Abends ruft Mutter an und fragt mich, was ich mir in diesem Jahr zu Weihnachten wünsche. Und da fällt es mir auf: Sie hat die Antimottenstreifen der SS-Uniform immer am gleichen Tag ausgewechselt. Wie hätte ich es sonst erfahren? Jedes Jahr zu Weihnachten – der einzige Tag im Jahr, an dem mein Bruder und ich sie gleichzeitig besuchen. Sie hat eine Tradition daraus gemacht, genau dann die Antimottenstreifen auszuwechseln. In der SS-Uniform im leeren Schrank. Dort, wo einmal die Dinge meines Vaters hingen, der für sie niemals gestorben ist.

DER ANDERE

Er saß jetzt schon seit drei Stunden vor dem Telefon. Nichts. Aber er war sicher. Sie hatten den 23. März als Stichtag ausgemacht. »Der Vertrag umfasst 365 Tage. Beginn: Heute null Uhr.« Das hatte der Herr von der Agentur Target gesagt. Zuerst hatte es Geiger für einen Scherz gehalten. Eine natürliche Reaktion, wenn jemand sagt: »Wir würden Sie gerne ein Jahr als Testperson gewinnen. Sie müssen nichts tun. Außer ganz Sie selbst sein. Gegen ein Entgelt von 6000 Euro monatlich erhalten wir im Gegenzug das Recht, Sie ein Jahr lang zu beobachten. Marktforschung, Sie verstehen? Am 23. März nächsten Jahres läuft der Vertrag aus.« Und tatsächlich. Geiger erhielt jeden Ersten die 6000 Euro. Von Target hatte er seitdem nichts mehr gehört.

»Es ist sehr wichtig für uns, dass Sie nicht wissen, was wir wann testen. Die Ergebnisse müssen objektiv sein. Unsere Agenten werden völlig unbemerkt vorgehen.« Immer wieder hielt Geiger Ausschau, ob ihn jemand beschattete. Er suchte die Wohnung nach Wanzen ab. Doch von den Agenten fehlte jede Spur. Jetzt saß er vor diesem Telefon. In der Annahme, dass sich die Agentur zumindest zum Auslaufen des Vertrages melden würde. Ein paar Dankesworte vielleicht. Oder eine Vertragsverlängerung. Schließlich hatte Geiger nach den ersten drei Monaten seinen miesen Job gekündigt. Im Vertrauen, dass er jetzt für längere Zeit dafür bezahlt werden würde, ganz er selbst zu sein. Sollte sich die Agentur nicht innerhalb der nächsten Stunde melden, würde Geiger anrufen. Das hatte er sich vorgenommen.

Schon seit geraumer Zeit hatte er sich gefragt, was Target eigentlich untersuchte. Sein Konsumverhalten? Seine Fernseh- und Essgewohnheiten? Seinen Biorhythmus? Sein Sexualleben? In diesem Fall sähe es mit einer Vertragsverlängerung schlecht aus. Schließlich hatte ihn Ingrid bereits vor acht Monaten verlassen. Einerseits, weil ihr der Gedanke, ständig beobachtet zu werden, unheimlich wurde. Andererseits fiel ihr durch die andauernde Anwesenheit Geigers auf, dass sie ihn doch nicht liebte. Vielleicht lieben die meisten Menschen ihre Partner aufgrund ihrer häufigen Abwesenheit, dachte sich Geiger, der sich ein Leben ohne die unsichtbaren Beobachter kaum noch vorstellen wollte.

Schließlich hatten die Agenten sein ganzes Leben verändert. Nicht, dass etwas Außergewöhnliches passiert wäre. Aber das Wissen um die Observierung hatte Geiger dazu veranlasst, sein Leben wesentlich bewusster zu leben. Er hatte von Anfang an versucht, für die Agenten einen vorbildlichen Geiger abzugeben. Er trennte Müll. Er duschte sich täglich. Er hörte auf, sich den Serienmist im Fernsehen anzusehen. Er bemühte sich, möglichst abwechslungsreich zu kochen. Als Ingrid ging, war es ihm peinlich. Was sollten die Agenten von ihm denken? Aber vielleicht war das der Gegenstand von Targets Untersuchungen, dachte Geiger. Wie das Wissen, beobachtet zu werden, das Leben eines Probanden veränderte. Und jetzt, da das Telefon nicht läutete, überkam ihn die Angst, dass Target seiner Vorbildlichkeit überdrüssig geworden war. Der vorgegaukelte Geiger war auf keinen Fall repräsentativ und verzerrte die Statistik. Wobei sich wahrscheinlich kein Proband zu seinem Nachteil präsentieren wollte.

Die eine Stunde war vorbei. Geiger griff zum Hörer. Freizeichen. Als nach dreißig Sekunden niemand ranging, legte er auf. Seltsam. Keine Warteschleife. Hatte man Target geschlossen? Er hatte nie angerufen. Das Geld lag jeden Ersten am Konto. Er rief die Auskunft an, um eine gültige Nummer zu erfragen. Doch eine Agentur Target war nicht registriert. Handelte sich alles um einen schlechten Scherz? Wer steckte dahinter? Jemand, der es genoss, mit dem Leben anderer zu spielen? Die sichere Gewissheit Geigers, niemals allein zu sein, wich der Angst, mit dieser Ungewissheit nicht leben zu können. Er musste diesen Menschen finden. Nur wie?

Die Polizei würde ihn für verrückt erklären. Andererseits gab es die 6000 Euro am Konto. Gab es die wirklich? Er rief bei der Bank an. Man bestätigte ihm, dass die letzte Zahlung am 1. März einging. Allerdings wurden die Beträge allesamt bar eingezahlt. Ein Inserat aufgeben? Aber offensichtlich wollte er nicht gefunden werden. Warum sollte sich also jemand melden. Vielleicht gab es andere wie Geiger, die ebenfalls nach Target suchten. Man könnte zumindest Erfahrungen austauschen.

»Sind auch Sie ein Opfer von Target? Bitte melden Sie sich unter 453 87 23.« Er gab die Anzeige sofort bei allen großen Tageszeitungen in Auftrag und verbrachte die nächsten Tage wartend vor seinem Telefon. Niemand meldete sich. Auch eine erneute Anzeigenoffensive half nichts. Nach neun Tagen verließ er das erste Mal die Wohnung. Er sah sich um. Doch niemand, der sich für Geiger interessierte. Er fühlte sich einsam inmitten dieser Menschenmasse, für die er unsichtbar war. Und plötzlich vermisste er Ingrid. Das erste Mal, seit sie ihn verlassen hatte, sehnte er sich nach ihrer Anwesenheit. Er hatte seit damals nichts von ihr gehört. Aber er wusste, wo sie wohnte.

Als er vor ihrer Tür stand, beschloss er, nicht zu läuten. Was sollte er ihr sagen? Er sehnte sich nach ihrer Anwesenheit, wollte aber nicht mit ihr leben. Vielleicht reichte es, sich ein paar Stunden in ihrer Nähe aufzuhalten. An ihrem Leben aus der Entfernung teilzuhaben. Geiger dachte an den Mann von Target, der sich nie mit Namen vorgestellt hatte. Geiger hatte sein Gesicht nur noch schemenhaft vor Augen – erkannte es aber in der Sekunde, als der Mann gemeinsam mit Ingrid das Haus betrat.

DAS ERSTE MAL

Sorry. Es ist mein erstes Mal. Sie müssen verstehen, wenn ich ein wenig zurückhaltender bin als die anderen Patienten. Der Schritt in die Therapie ist ein schwieriger. Gut, wem erzähle ich das? Ich nehme an, es ist Ihnen recht, wenn ich rede. Immerhin liege ich ja auf der Couch und nicht Sie. Apropos Couch. Ach, verstehe, Sie sind kein Freudianer. Dann nehme ich hier Platz, wenn's recht ist. Ja, ein bisschen hart, macht aber nichts. Also. Warum ich mich entschlossen habe, in Therapie zu gehen? Ja, äh, nun, ich habe Ihnen ja vorher gesagt, dass es mein erstes Mal ist – und das wäre auch gleich das Thema, das erste Mal eben – Sie verstehen nicht? Ich verstehe. Nun, das erste Mal ist der Grund, warum ich heute zum ersten Mal hier bin. Also, es geht ums erste Mal, nein, nicht in diesem Sinn, obwohl auch in diesem Sinn, aber verstehen Sie mich nicht falsch. Sie verstehen mich jetzt überhaupt nicht mehr? Okay. Fangen wir noch mal an: Der Grund, warum ich heute zum ersten Mal hier bin: Ich bin abhängig von ersten Malen. Ich werde es Ihnen erklären.

Es ist ein eigenartiges Symptom – sagt man Symptom? Gut. Wie auch immer. Auf jeden Fall ist es mit den Jahren stärker geworden. Und heute ist es ein unerträglicher Zwang.

Ich kann nichts zweimal tun. Und wenn ich sage nichts, dann meine ich nichts. Verstehen Sie? Gut. Dann verstehen Sie sicherlich auch die Tragweite eines solchen Zwangs. Der Alltag ist mir unerträglich geworden. Wenn ich daran denke, was all die Jahre zu Bruch ging, nur aufgrund dieser Obsession. Vor allem Beziehungen, aber dazu später.

Zunächst muss ich Ihnen schildern, wie es dazu kam. Begonnen hat alles – wie bitte? Ja. Meine Kindheit, genau. Ich hatte das, was man wahrscheinlich eine normale Kindheit nennt. Vielleicht ein wenig zu normal. Alles lief in geordneten Bahnen. Alles war vorherbestimmt. Meine Eltern lebten tagein, tagaus den gleichen Tag. Beinahe autistisch vollzogen sie täglich die gleichen Rituale. Auch ein Zwang, wenn Sie mich fragen. Alles passierte immer zur gleichen Zeit. Und vor allem: Jeden Tag passierten exakt die gleichen Dinge. Meine Eltern waren davon besessen, dass nichts Unvorhergesehenes geschah. Jahrelang isolierten sie sich, ohne dass es auch nur die kleinste Veränderung in ihrem Alltag gegeben hätte. Bis sich herausstellte, dass es in erster Linie Vater war, der von dieser ständigen Wiederholung besessen war. Meine Mutter verließ uns. Ab diesem Moment änderte sich alles. Und nichts. Mein Vater verfiel in eine innere Starre. Er redete kein Wort mehr. Kündigte seinen Job mit den geregelten Arbeitszeiten. Und saß den ganzen Tag am Fenster und starrte hinaus. Schrecklich. Die Tage folgten einem ähnlich akribischen Plan wie zuvor – nur mit dem Unterschied, dass nichts mehr passierte.

Ich war damals acht Jahre alt. Und ich denke, dass mein Zwang in dieser Zeit seinen Ursprung hat. Doch leider hat dieses Bewusstsein zu keiner Heilung geführt – also Heilung, vorausgesetzt, man empfindet es als krankhaft. Andere wiederum würden behaupten, ich lebe ein sehr abwechslungsreiches Leben. Für viele meiner Freunde bin ich der Abenteurer, der sie selbst gerne wären. Wenn sie wüssten, welch manische Obsession dahintersteckt, sie würden mich nicht beneiden, so viel steht fest. Manisch? Nun, man muss dem Zwang zugestehen: Er hat seine Höhen und Tiefen. Als ich mit 13 von zu Hause ausriss und wie die meisten Jugendlichen beschloss, nicht so zu werden wie meine Eltern, definierte ich das Manifest für mein weiteres Leben:

Keine Wiederholungen. Kein Alltag. Alles ausprobieren. Leben, als wäre es das letzte Mal.

Dieses Mantra sprach ich ständig vor mich hin. Bis aus einem konsequenten Selbstversuch ein Zwang wurde. Ich erstellte mir eine Liste von Dingen, die mir bis dahin verwehrt geblieben waren. Und glauben Sie mir, das war eine ganze Menge. Kurz, meine Methode lautete: alles, aber nur einmal. Alles nur einmal. Konsequent. Ohne Rücksicht auf Verluste. Damit ich am Ende meines Lebens sagen kann: Ich habe wirklich alles ausprobiert. Zwar nur einmal. Aber immerhin. Ich habe alles gesehen.

Sie ahnen bereits, dass es Dinge gibt, die man nicht öfter als einmal ausprobieren möchte. Da haben Sie recht. Andererseits gibt es wiederum welche, die man am liebsten täglich in Anspruch nehmen wollen würde. Mit 13 fing ich an, meine Liste abzuleben. Und was als Lebensmotto eines Jugendlichen begann, ist heute, 20 Jahre später, ein unerträglicher Zustand geworden, der mich langsam in den Wahnsinn treibt.

Ich bin 33 Jahre alt. Und ich kann von mir behaupten, seit meinem 13. Lebensjahr nichts zweimal getan zu haben. Ich habe nicht zweimal das Gleiche gegessen, ich habe in keiner Stellung und mit keiner Frau ein zweites Mal geschlafen. Ja, ich bin nicht einmal ein zweites Mal im selben Auto gefahren. Klingt das nach ungezwungener Freiheit? Ich glaube nicht. Wie auch immer. Meine Liste war lang. Und wie es zu einem 13-Jährigen passt, stand bereits an dritter Stelle: ein Mädchen küssen.

Nun wusste ich, dass es das erste und letzte Mal sein würde. Aus heutiger Sicht hätte ich mir diesen Augenblick ruhig ein wenig aufsparen können. Ein Kuss mit 20 hätte mir wahrscheinlich wesentlich mehr Freude bereitet als einer mit 13. Andererseits wäre vieles ohne diesen ersten Kuss nicht möglich gewesen. Der erste Kuss steht wohl am Anfang der logischen Leiter sexueller Erfahrungen. Und naturgemäß auch auf meiner Wunschliste. Also suchte ich mir eine geeignete Partnerin.

Sie war 16 und ich 13. Zugegeben, sie war nicht das, was man als klassische Schönheit bezeichnen würde. Aber wer will im Nachhinein schon, dass der erste Kuss klassisch verläuft. Ihr Name war Veronika oder Sigrid, vielleicht auch Petra. Aber ihre warmen Lippen, die meinen Mund benetzten und ihn mit sanften Saugbewegungen zum Schweigen brachten, sind mir noch in lebendiger Erinnerung. Ihre feuchte Zunge, die die meine umkreiste und an meinem Gaumen herumtänzelte, diese Zunge fragte: »Wann sehen wir uns wieder?« Bereits der erste Kuss der erste Prüfstein für das Manifest der ersten Male. Ihre Tränen, die wie Wassertropfen, die von den anderen im Duschschlauch vergessen wurden, über die gelähmte Wange rannen, fing ich mit meinen aufgeheizten Lippen auf. Und dennoch: eine Erlösung. Mit dem bitteren Beigeschmack der Einmaligkeit.

Der erste Kuss zeigte mir, dass ich auf dem richtigen Weg war. Er fixte mich an, in diese Richtung weiterzuarbeiten. Natürlich brachte ich in den folgenden zwei Jahren mehrere erste Male hinter mich.

Erste Zigarette.

Erster Joint.

Erstes Glas Wein.

Erster Discobesuch.

Erste Masturbation.

etc.

Aber nichts – absolut nichts – hatte mich so beeindruckt wie der erste Kuss. Und so konzentrierten sich alle ersten Male auf das Thema Sex. Was soll ich sagen, ich will hier absolut ehrlich sein, es ist bis heute so geblieben. Sie können sich natürlich vorstellen – seither sind 20 Jahre vergangen –, dass das Manifest mich durchaus vor Herausforderungen stellte. Zwei Jahre später sollte ich zum ersten Mal wirklichen Sex haben. Und ich habe mich kühlen Kopfes für die Missionarsstellung entschieden – weil ich aus Zeitschriften wusste, dass ich dabei am wenigsten zu verlieren hatte. Glauben Sie mir, ich war bereits damals clever genug zu begreifen, dass das erste Mal Geschlechtsverkehr nicht unbedingt das beste Mal sein würde. Wohlkalkuliert ging ich also in meinen ersten Koitus. Spanien. Urlaub. Kurze Verständigung. Sie Mitte 30 und keine klassische Schönheit. Aber wer will schon, dass das erste Mal klassisch verläuft. Ich komme zu früh. Und weiß: Ich habe die Missionarsstellung richtig investiert.

Zwei Wochen später. Natürlich. Die verfrühte Ejakulation irritierte mich, nicht zuletzt, weil mir bewusst war, dass jedes dieser Vergnügen ein einmaliges bleiben würde. Ich fühlte mich betrogen und am Auskosten gehindert. Deshalb beschloss ich, das zweite Mal von hinten anzugehen. Eine Empfehlung, die ich einer Zeitschrift entnahm: *Der verhinderte Augenkontakt schafft Distanz.* Meiner Strategie entsprechend versuchte ich, eine Frau zu finden, die sich für diese Stellung eignete. Tagelang hielt ich nach schlanken birnenförmigen Ärschen Aussicht. Die Zeit drängte. Meine Liste wuchs von Woche zu Woche. Und schließlich ging es hier auch um Erledigung und nicht nur um die Optimierung eines Punktes. Ich hätte allein an diesem Punkt jahrelang herumfeilen können. Wie auch immer, auch von hinten kam ich zu früh, aber egal, denn in meinem Kopf blinkte bereits der nächste Punkt.

Oralverkehr.

Ich wollte nichts falsch machen. Und oral ist – Liebe hin, Aussehen her – eine handwerkliche Angelegenheit. Deshalb suchte ich gleich eine Professionelle auf. Diese stülpte mir lieblos ein Kondom über und begann zu werken. Ein Rennen gegen den Uhrzeiger, der über mir tickte. Jede ihrer Zungenbewegungen versuchte mir zu verdeutlichen: »Mach schneller, Kleiner. Draußen wartet Kundschaft, die sich ein wenig mehr als blasen leisten kann.« Nach drei Minuten kam ich. Dieses Mal aus schlechtem Gewissen. Oder besser aus Höflichkeit. Aber immerhin. Meine sexuelle Karriere nahm langsam Form an.

Eine Extravaganz musste her. KAREZZA! In einer Zeitschrift las ich von einer indischen Liebestechnik, bei der sich beide Geschlechtspartner nicht bewegten und durch reine Konzentration und Atemtechnik zum Orgasmus kämen. In Anbetracht meiner Ejakulationsprobleme ideal und für Professionelle meine persönlich zugeschneiderte Rache. Bis Jacqueline (nein, ich nehme nicht ernsthaft an, dass es sich hierbei um ihren echten Namen handelte) mit lächerlich gelangweiltem Smalltalk begann, der mich das erste Mal (!) am Ejakulieren hinderte. Frustration und Triumph zugleich. In dieser Nacht wurde ich zum echten Mann.

Ich erspare Ihnen Details. In weniger als sieben Wochen hatte ich das gesamte Kamasutra durch. Und war damit auch am Ende meiner Fantasie angelangt. Denn ich war das erste Mal (!) verliebt und hatte meiner Angebeteten nicht mehr zu bieten als leere Versprechungen. Ich konnte sie nicht küssen, normales Petting war ebenso verboten wie alle gängigen Stellungen, die in diesem Alter bereits als gewagt galten. Nach Wochen der peinsamen Verzögerung landeten wir schließlich doch im Bett. Auch dies könnte man als strafbare Wiederholung gelten lassen. Was tun? Ich küsste sie an Stellen, wo ich noch keine zuvor geküsst hatte (was sonst?), und dann, als meine Zunge ihren Anus entlang glitt, kam es mir. Ich wusste, da dieser Abend voraussichtlich unser letzter sein würde, sollte es etwas Besonderes sein. Meine Zunge tanzte über ihren kreisenden Arsch und nach langem Hin und Her ließ sie mich eindringen. Es sollte die letzte Möglichkeit bleiben zu dem, was Sie als normalen Sex bezeichnen würden. Sie können sich vorstellen, dass mich dieser Abend zum Denken anregte. Natürlich stellte ich das Manifest infrage. Aber schließlich gewann die Vernunft und ich zog weiter. Außerdem war ich mit 16 Jahren ohnehin zu jung, um mich fix zu binden. Was konnte das für einen Kerl wie mich schon bedeuten: fixe Bindung? Erklärungsbedarf und Unverständnis. So viel war sicher.

Dann: Mein erster Fehler.

Ich war betrunken. Das soll hier nicht nach Entschuldigung klingen. Schon eher nach Erklärung. Ihr Name ist mir entglitten. So wie meine Contenance. Wir lernten uns in einem Club kennen. Endeten bei ihr zu Hause. Und nach langem Hin und Her, das mich ohnehin schon größte Konzentration kostete, denn wer will sich schon bei solchen Standards wiederholen, ertappte ich mich in der bereits praktizierten Missionarsstellung. Was tun? Schnell und ohne nachzudenken, fasste ich den einzig richtigen Entschluss. Ich erwürgte sie. Und dachte später darüber nach, wie ich dieses erste Mal bezeichnen sollte: als ersten Mord oder als das erste Mal Würgen in Missionarsstellung. Ich entschied mich für Zweiteres, um mir alle Optionen offenzuhalten.

Denn nicht nur fand ich in der Variablen Mord eine ideale Ergänzung zum bereits absolvierten Repertoire – nein, diese Komponente eröffnete mir auch die so genannte B-Liste, die mich neben Sex noch interessierte. Unbeabsichtigte Unfälle. Stolpernde U-Bahn-Passanten. Anonyme Professionelle in gewagten Kamasutrastellungen. Ein weites Feld. Rein sexuell bewegte sich meine Liste von seltenen Sado-Maso-

Praktiken langsam in Richtung Fäkalspiele. Ich war 17. Und hatte noch einen langen Weg vor mir.

An meinem 20. Geburtstag fühlte ich mich müde. Und gleichzeitig erleichtert, dass ich bisher noch keinen meiner Geburtstage gefeiert hatte. Gut, ich hätte mich noch immer darauf herausreden können, dass es mein erster 20er war. Trotzdem. Es fühlte sich besser an, einen Geburtstag überhaupt zum ersten Mal zu begehen. Es kamen Freunde, die zuvor noch keine Freunde waren. Und wir feierten gemeinsam das Leben als Premiere. Gegen Mitternacht passierte es. Sie spielten die richtige Musik. Die Atmosphäre im Saal war aufgeladen. Alles schien perfekt. Der richtige Zeitpunkt, auf den ich jahrelang gewartet hatte. Diesen Punkt hatte ich mir aufgespart. Aber jetzt war es so weit. Ich tanzte zum ersten Mal.

Können Sie sich das vorstellen? Nach all dem, was ich hinter mich gebracht hatte. Ich merkte, dass ich die simplen Dinge des Lebens während meiner Suche nach übrig gebliebenen sexuellen Nischen vollkommen vernachlässigt hatte. Ein Jahr lang genoss ich die kleinen Dinge des Lebens. Ich las zum ersten Mal ein Buch, suchte mir mit *Don Quichotte* einen fetten Wälzer aus, um das Lesen so richtig auszukosten. Nun, mein Tempo war aufgrund mangelnder Übung ohnehin beneidenswert langsam. Als ich Ende des Jahres den letzten Band schloss, wurde mir klar: Auch ich kämpfe gegen Windmühlen. Und war ein Ritter von besonders trauriger Gestalt. Ich beschloss aufzuhören. Durfte dabei aber nicht das Manifest verraten. Also zog ich mich zurück. Ein Jahr lang verließ ich meine Wohnung nicht. Das erste Mal in meinem Leben tat ich nichts. Die reine Mechanik des Schlafens, des Essens und des Atmens waren naturgemäß ausgenommen. Obwohl ich mich bei Ersterem sehr wohl bemühte, es niemals auf die gleiche Art und Weise zu tun. Sie können mir wirklich keine mangelnde Fantasie vorwerfen. Aber definieren Sie mal 365 Schlafpositionen.

Nach diesem Jahr war der Ofen aus. Ich musste mir ein neues Feld suchen. Als ich in der Zeitung die Stellenanzeigen fand, begriff ich, dass mich unterschiedliche Jobs eine Zeit lang über die Runden bringen konnten. Naturgemäß tauchte ich nie ein zweites Mal auf. So war ich Kellner, Postbote, Meinungsforscher, Nachtwächter, Zeitungsausträger, Putzkraft … Ich erspare Ihnen die Aufzählung. Ich fand 87 unterschiedliche Gelegenheitsjobs. Bis ich – ich hatte gerade meinen Tag als Tankwart – *sie* kennenlernte.

Es war Liebe auf den ersten Blick. Wir gingen noch am gleichen Abend ins Kino. Sie werden es nicht glauben, aber ich musste 22 Jahre alt werden, um das erste Mal ins Kino zu gehen. Und als sie mich küssen wollte, schilderte ich ihr mein Problem. Sie lief nicht weg, schien nicht einmal irritiert, sondern begann nachzudenken, wie sich dieses Problem lösen ließe. Da spürte ich: Diese Beziehung würde funktionieren. Wir blieben drei Jahre lang zusammen. Und sie verwandelte sich für mich täglich in eine andere Frau. Sie färbte sich die Haare, zog sich völlig unterschiedlich an, änderte täglich ihren Namen und spielte ständig eine neue Rolle für mich.

Drei Jahre lang lebte ich ein glückliches Leben mit über tausend Frauen, in denen ich trotz allem immer wieder sie erkannte. Auch wenn es mir manchmal schwerfiel. Nach drei Jahren verließ sie mich. Ich war verzweifelt. Ich kann mich an jedes ihrer letzten Worte erinnern: »Ich bin so müde. Versteh. Ich kann nicht mehr.« Ich verstand. Konnte sie aber unmöglich gehen lassen. Ich sagte ihr: »Ich habe Kraft für zwei. Du musst nicht mehr nachdenken. Ich werde das übernehmen.« Aber sie wollte nicht hören. Sie müssen verstehen. Die anderen Morde habe ich begangen, um mir Optionen auf ein zweites Mal zu verschaffen. Aber sie – ohne sie konnte ich nicht leben. Natürlich. Mord war keine Lösung. Denn auf die eine oder andere Weise verlor ich sie auf jeden Fall. Aber das begriff ich nicht. Zwei Wochen lang habe ich sie angezogen, gab ihr unterschiedliche Namen, doch allmählich begann es aus meiner Wohnung unangenehm zu riechen. Ich musste verschwinden und bin seither ein verfolgter Mann. Mir ist klar, dass man bei der Polizei nur wenig Verständnis für meine Problematik hat. Deshalb dachte ich mir, vielleicht Sie …

Wohin gehen Sie? Auf die Toilette. Verstehe. Aber beeilen Sie sich. Wir haben nur eine Stunde Zeit. Sie werden verstehen, dass ich keinesfalls ein zweites Mal kommen kann. Ja, alles klar, ich warte hier, rühre mich nicht von der Stelle. Nein. Keine Sorge.

DAS LETZTE MAL

Er hatte sich für ihre Treffen eine Wohnung angeschafft. Nicht groß. 50 Quadratmeter, ein Bett, eine Couch und ein Kühlschrank reichten, um hier ein paar Stunden zu verbringen. Irene hatte Angst, im Stundenhotel jemandem über den Weg zu laufen. Die Wohnung sollte ihr Refugium sein. Die Treffen wurden häufiger und weniger leidenschaftlich. Inzwischen zierten gemeinsame Fotos die Wand. Er durfte nicht vergessen, sie rechtzeitig zu entsorgen.

Nach zwölf Wochen hatte er genug von Irene. Er begann sich schon wohl zu fühlen in diesem Loch. Heute war das letzte Mal. Das hatte er zwar nicht mit Kira abgesprochen. Aber irgendwann musste es reichen. Er hörte, wie Irene mehrere Schlüssel probierte, bis der richtige ins Schloss passte. Wie immer war es der letzte. Sie ging direkt zum Kühlschrank, um die Einkäufe zu verstauen. Zur Flasche Sekt gesellten sich mit der Zeit Brötchen. Inzwischen war der Vorratsschrank zum Bersten voll. Wie jeden Tag duschte sie. Dann schlüpfte sie in ihren Hausmantel, den sie nur hier trug. Er konnte es nicht mehr ertragen.

»Was ist das?«
»Eine Kamera.«

Er richtete sie auf Irene, die sofort ihre Hand gegen die Linse streckte.

»Willst du mich erpressen?«

Sie lachte und gab ihm einen Kuss.

»Ich dachte, wenn wir schon eine gemeinsame Wohnung haben.«

»Brauchst du jetzt schon eine Erinnerung an mich.«

Sie stand auf und nahm einen Schluck Sekt.

»Wir könnten heute die Nacht hier verbringen. Er kommt erst morgen Abend zurück.«

»Und die Kinder?«

»Bei Oma.«

Er nickte und nahm sich eine Zigarette.

»Warum duschst du nicht? Und ich bereite uns ein paar Unanständigkeiten zu.«

Irene aß zunehmend mehr in seiner Gegenwart. Kira musste die Notbremse ziehen.

»Ich kann nicht.«

»Vertraust du mir nicht?«

»Warum sollte ich auch. Du treibst es mit einer verheirateten Frau. Und ich weiß nichts über dich.«

»Und du glaubst, wenn du mehr über mich wüsstest …«

»Nein.«

»Es ist nur für mich.«

»Ich komme mir so beobachtet vor.«

»Es wird niemand sehen.«

»Du wirst es sehen«

»Aber ich sehe dich jetzt auch.«

»Nein, du hast die Augen meistens geschlossen.«

»Irene – bitte.«

»Sonst bestehst du nie auf irgendetwas.«

»Eben.«

»Das ist seltsam.«

»Fühlst du dich bedrängt?«

»Ja.«

»Und was habe ich von dir, wenn du mal eine Woche weg bist?«

»Die Sehnsucht.«

»Das ist zu wenig.«

»Na hör mal.«

»Wenn ich das Band hätte, müsste ich nie an andere Frauen denken.«

»Es fühlt sich an, als würde er uns zusehen.«

»Macht dich der Gedanke nicht geil?«

»Ihn zu verletzen?«

Er schob Kira das Band über den Tisch.

»Wir müssen abbrechen.«

Kira hob ihre rechte Augenbraue, die sie sich vor Jahren tätowieren ließ. Wie immer trug sie Schwarz – selbst ihr Fächer unterwarf sich diesem Dogma.

»Der Kunde ist anderer Meinung.«

Sie berührte ihr steif zurückgekämmtes Haar, als würde sie ihren Panzer prüfen.

»Zwölf Wochen müssen reichen. Er will sich doch nur schei-den lassen.«

»Vielleicht will er auf Nummer sicher gehen.«

»Unsinn. Wie lange?«

»Noch vier Wochen«

»Unmöglich.«

»Er ist bereit, mehr zu zahlen.«

Kira griff mit ihrem weißen Lederhandschuh nach der Tasse Tee.

»Ich will ihn sehen.«

»Das halte ich für keine gute Idee.«

»Was sollen die vier Wochen bringen?«

»Er will, dass du ihr Versprechen machst.«

»Sie soll ihn freiwillig verlassen?«

»Er will auch die Kinder.«

»Das kann ich nicht.«

»Hast du dich verliebt?«

»Natürlich nicht.«

Er hatte das erste Mal kein gutes Gefühl bei der Sache. Als er die Lobby verließ, rief er Irene an. Sie hob nicht ab. Im Prinzip war alles Routine. Nach zwei Tagen war er mit Irene zum ersten Mal im Bett gelegen. Sie war ein leichtes Opfer. Wie die meisten, die seit mehr als zehn Jahren verheiratet waren. Er hatte noch nie versagt. Wahrscheinlich war es Talent. Aber wenn er eine Frau sah, dann erkannte er auch ihre Sehnsucht. Er sah sie als Bild und konnte sich in dieses verwandeln. Das Geschäft boomte. In den meisten Fällen handelte es sich um reiche Ehemänner, die sich einen Scheidungsgrund beschaffen wollten, ohne dabei ihr Vermögen zu verlieren. Noch zwei Jahre, dann hätte er genügend beisammen, um eine Familie zu gründen. Mit der richtigen

Frau, von der er sich noch kein Bild gemacht hatte. Die Insel kannte er bereits. Und Kira? Sie würde es noch früh genug erfahren.

Irgendetwas stank an der Geschichte mit Irene. Zwölf Wochen, obwohl alles nach Plan lief. Er hatte dem Kunden mehr als genügend Material geliefert. Gestern sogar gefilmt. Jemand verarschte ihn. Aber wer? Mal sehen: Der Ehemann zahlt seiner Frau einen Liebhaber, ohne dass sie es weiß. Um der eingeschlafenen Beziehung einen Kick zu verleihen? Ein wenig kompliziert. Aber denkbar. Ist der Kunde tatsächlich ihr Mann? Oder ein Erpresser? Aber wozu dann zwölf Wochen? Kira prüfte jeden Klienten aufs Gründlichste. Es ging um viel Geld. Und um Diskretion.

Zwei Tage später.

»Irene!«

»Er weiß alles.«

Ihre Stimme klang hart.

»Was alles?«

Kira hatte ihn nicht benachrichtigt.

»Von uns. Es gibt sogar Fotos. Wo ist der Film?«

»In der Wohnung, warum?«

»Er will die Scheidung. Nach zwanzig Jahren Ehe.«

»Das tut mir leid.«

»Mir nicht. Ich habe ihm gesagt, dass ich jetzt endlich weiß, was Liebe ist. Wir müssen uns sehen.«

»Du hast ihm von uns erzählt?«

»Ja, mein Schatz, wir sind endlich frei!«

Kira saß im gleichen Eck wie zwei Tage zuvor. Sie trug oliv-grüne Lederhandschuhe, die sich mit der Farbe des Martinis schlugen.

»Ich bin froh, dass es vorbei ist.«

»Wie kommst du auf diese Idee? Habe ich das Ganze jemals abgebrochen? Im Gegenteil: Der Kunde hat sein Angebot erhöht.«

»Wie meinst du das?«

»Er will dich mindestens bis Ende des Jahres bezahlen, wenn du mit Irene zusammenbleibst.«

»Warum?«

»Er ist ein Feigling. Er will seine neue Beziehung frei von schlechtem Gewissen beginnen. Keine Szenen. Keine ver-zweifelten Anrufe. Keine Selbstmordversuche. Er will, dass sie glücklich aus seinem Leben verschwindet. Das ist dein Job.«

»Unmöglich.«

»Du wolltest doch ohnehin aussteigen. Das ist deine Chance.«

»Woher weißt du das?«

»Also: Du machst Irene bis Ende des Jahres glücklich und bekommst dafür so viel, dass du dich auf deine griechische Insel verziehen kannst.«

»Und es macht dir nichts aus?«

»Ich komme schon durch.«

»Und was wird aus Irene?«

»Der Kunde wird sich bei der Scheidung fairer verhalten als er müsste. Dafür werde ich sorgen.«

»Heute ist ein Festtag!«

Irene stand mit einer Sektflasche auf der Terrasse. Er war eingenickt.

»Wo sind die Kinder?«

»Unten im Garten.«

Seufzend richtete er sich auf. Er hatte in diesem Jahr über zehn Kilo zugenommen. Irene reichte ihm einen Teller mit kaltem Fisch.

»Ist ganz frisch.«

»Und was gibt es zu feiern?«

Triumphierend hielt sie eine ausländische Zeitung hoch.

»Hochzeit des Jahres! Der Großindustrielle Hirsch heiratet zum zweiten Mal.«

»Dein Ex-Mann hat abgenommen«, sagte er. Erst jetzt fiel sein Blick auf die Braut. Kira trug gelbe Lederhandschuhe, die sich mit der Krawatte des Bräutigams schlugen.

»Ich bin so erleichtert.«

»Erleichtert?«

»Ja, dass es ihm gut geht. Ich brauche jetzt endlich kein schlechtes Gewissen mehr zu haben.«

Einen Monat später setzten die Überweisungen endgültig aus.

BLIND DATE

»Geh nicht«, sagte Silvia.

Sie stand in der Badezimmertür und beobachtete Vera, die das Haar seit der Trennung nicht mehr offen getragen hatte.

»Ich sehe schon, es hat keinen Sinn.«

»Wenn die Kleine aufwacht, rufst du mich an, ja?«

»Wenn du um drei Uhr nicht zu Hause bist, dann ruf ich dich an.«

Vera schickte ihrer kleinen Schwester einen mütterlichen Blick.

»Du bist rührend.«

»Ich finde es komisch, dass er dich gleich nach Hause einlädt.«

»Wir leben im 21. Jahrhundert.«

»Aber es ist ein Blind Date. Da trifft man sich in einem Lokal, damit man rechtzeitig flüchten kann.«

Vera zuckte die Achseln und drückte Silvia einen Kuss auf die Wange.

»Was soll schon passieren?«

Vera hatte Henry2 auf Love.at kennengelernt. »Akademiker Ende 30 sucht intelligente Frau für extravagantes Dinner.« Dass dieses Abendessen bei Henry2 zu Hause stattfand, hatte sie zunächst auch irritiert, aber Klaus Graller, so sein richtiger Name, klang am Telefon ganz nach Magister und niveaulose Rüpel, die ausschließlich in der Kategorie Erotik annoncierten, hatte sie im vergangenen Jahr zur Genüge kennengelernt. Also sagte sie zu. Und als sie erfuhr, dass Mag. Graller auch noch im gleichen Bezirk wie sie wohnte, war sie beruhigt und begann, sich freien Kopfes auf den Abend zu freuen.

Vera ging zu Fuß. Sie hatte sich bürgerlicher angezogen, als es ihrem Naturell entsprach. Aber wer ist bei einem Blind Date schon ehrlich. Auch ihre 4-jährige Tochter ließ sie unerwähnt. Vor alleinerziehenden Müttern ergriffen die begehrten Junggesellen im Normalfall sofort die Flucht. Das »geschieden« strich sie hingegen besonders hervor. Es signalisierte einen eigenständigen Charakter, der nicht gleich bei einem einziehen wollte.

Mag. Graller hatte eine sehr ruhige, angenehme Stimme. Keine erotische Andeutung kam ihm über die Lippen. Und nach ihrem Aussehen hatte er auch nicht gefragt. Eine ungewöhnliche Erscheinung nach allem, was Vera sonst so untergekommen war. Er fragte sie nach ihren kulinarischen Vorlieben, nach etwaigen Allergien, wie es mit dem Genuss von Fleisch stand, ob sie auch etwas experimentellerer Küche aufgeschlossen wäre. Sie fragte ihn, warum er all dies fragte und was er denn kochen würde. Mag. Graller aber bestand darauf, dass es eine Überraschung wäre und dass er sich für diesen Abend etwas sehr Spezielles einfallen lassen würde. Heute Morgen ließ er ihr eine kleine Aufmerksamkeit zukommen. Sie hatte am Telefon erwähnt, dass sie ein Faible für Schokolade von Fabrice Gillotte hatte. Keine Ahnung, wie er es schaffte, eine Schachtel *Terroirs de Bougogne* zu besorgen. Sie wusste allerdings, dass sie um die 70 Euro kostete, was ihre Freude auf den Abend steigerte. Auch wenn man nicht unbedingt von einem Faible sprechen konnte. Sie hatte sich den Namen zufällig gemerkt, weil sie diese exquisite Schokolade von ihrem Chef zu Weihnachten geschenkt bekam. Und ja, sie schmeckte ganz gut, aber eigentlich ging es darum, den offenbar kulinarisch gebildeten Mag. Graller mit Fachwissen zu beeindrucken.

Als sie vor seiner Tür stand, erkannte sie an der Reihung der Namensschilder, dass Mag. Graller im Dachgeschoss wohnte. Sie betrachtete noch einmal das ausgedruckte Foto aus dem Internet. Es zeigte einen gepflegten Richard-Gere-Typ in legerem Sakko. Seine Garderobe war geschmackvoll und alles andere als billig. Und sein Lächeln ließ keine gröberen Lebenskrisen vermuten. Er posierte ein wenig zu seitlich, drehte seine rechte Schulter in den Vordergrund, was sie aber als sympathisch ungeübt im Posieren interpretierte. Als sie läutete, vergingen 20 Sekunden – vermutlich genau der Weg von der Küche zur Tür. Sie stellte sich vor, wie er zur Gegensprechanlage lief, den letzten Stock als Ziel durchgab, um sofort wieder zurückzueilen, denn die Seezunge nach toskanischem Familienrezept drohte sonst anzubrennen. Flugs stand er natürlich wieder in der Tür, um sie ohne Schürze zu begrüßen. Er versprühte dabei jene liebenswerte Lässigkeit, die man eben von Richard Gere aus seinen Filmen kannte.

Als Vera im letzten Stock ankam, stand die Tür zu Grallers Apartment angelehnt offen. Zögerlich ging sie darauf zu.

Kurz bevor sie in greifbarer Nähe war, riss sie Graller recht unlässig auf. Wie auf dem Foto, drehte er seine Schulter nach vorn, was jetzt noch viel ungelenker aussah als auf dem Foto. Die linke Schulter versteckte sich hinter der Türkante. Er lächelte beim Anblick von Vera. Vielleicht war ihm erst jetzt bewusst geworden, dass er sie nicht nach ihrem Aussehen gefragt hatte. Vera lächelte höflich zurück. Graller war um einiges kleiner, als sie sich vorgestellt hatte. Ohne Stöckelschuhe müssten sie sich aber ungefähr auf Augenhöhe treffen. Seit ihrer Scheidung prüfte Vera die Männer nach Dingen, die sie in wenigen Monaten stören könnten. Neben Grallers Größe fiel ihr sofort seine zu trockene Haut auf. Und dass er ihr nicht in die Augen sehen konnte. Aber das ließ sie jetzt noch als angemessene Schüchternheit durchgehen.

»Es freut mich wirklich sehr, dass sie gekommen sind.« Langsam öffnete Graller die Tür. Sie legte jetzt auch die andere Schulter frei. Der linke Sakkoärmel baumelte lose. Mag. Graller fehlte ein Arm.

»Ich wohne ja gleich ums Eck.«

Ihr Blick fixierte den unbefüllten Sakkoärmel des Magisters. Dieser reagierte mit einem verlegenen Blick, der sagte: Sie können ruhig gehen, ich würde es verstehen, aber ich bitte Sie um Verständnis, dass ich es Ihnen nicht gleich am Telefon sagen konnte, denn ich bin hauptsächlich damit beschäftigt, dass mich meine Umwelt nicht auf den Einarmigen reduziert und daher wollte ich den fehlenden Arm nicht wichtiger machen als er ist, im Übrigen bin ich dadurch sexuell keineswegs beeinträchtigt, im Gegenteil, es ergeben sich dadurch ein paar äußerst interessante Spielformen, die ich natürlich jetzt nicht verfrüht ausspielen will, aber denken Sie daran, eine Behinderung legt Energien und Qualitäten in anderen Bereichen frei, so wie Serienmörder eine völlig konzentrierte Intelligenz entwickeln, wenn es um das Töten geht, ja, zugegeben, ein schlechter Vergleich, aber ich hoffe, Sie verstehen, was ich meine.

Vera fühlte sich in ihren banalen Gedanken sofort entlarvt und beschloss, den fehlenden Arm für den Rest des Abends zu ignorieren. Auch wenn sich ihre Gedanken um nichts anderes drehten. Sie musste an den Schwarzafrikaner denken, der sie beinahe täglich bei Starbucks bediente. Ihre Versuche, den Mann möglichst farbenblind anzulächeln, führte aufgrund der daraus folgenden Intensität, das beinahe ins debile Grinsen ging, sicher zu Missverständnissen seinerseits. Und hätte er jemals einen Annäherungsversuch unternommen, hätte sie ihn wahrscheinlich aus reiner Höflichkeit erwidert, nur damit er nicht glaubte, sie würde ihn aufgrund seiner Hautfarbe zurückweisen. Vielleicht entstanden auf diese Art viele Beziehungen zwischen Schwarzen und Weißen, dachte sie, verschmähte diesen Gedanken aber gleich wieder, weil sie ihn für rassistisch und dumm hielt.

»Bitte kommen Sie herein.«

Mit leerem Blick, Vera versuchte nirgends mehr hinzusehen, folgte sie Graller in die Wohnung.

»Schön.«

»Ja, ich sammle diese Schwerter seit meiner Jugend. Es freut mich, dass es ihnen gefällt.«

Die Wohnung war sehr großzügig. Vera blieb vor einem riesigen Ölbild stehen. Es zeigte Graller als Bacchus – ohne Behinderung –, wie er eine korpulente, halbnackte Dame, die mit laszivem Blick vor seinen Füßen lag, mit Weintrauben fütterte.

»Meine Frau – also Ex-Frau.«

»Seit wann sind Sie geschieden?«

»Seit drei Jahren. Wir haben uns auseinandergelebt.«

»Gewiss.«

»Der Salon.«

Ein Kerzenmeer türmte sich vor Vera. Die Gerichte waren bereits gedeckt und verbargen sich unter goldenen Glocken. Die geschnitzte Holzdecke, die Motive der Passionsgeschichte abbildete, drückte auf den überladenen Raum.

»Schön«, sagte Vera, die bereits darüber nachdachte, wie sie aus dieser Rokokohölle möglichst schnell entkam.

»Händel?«

»Scarlatti.«

»Ah«, gab sie vor, diesen zu kennen.

»Darf ich Sie bitten.«

Er bot ihr den Stuhl an. Als sie sich setzte, musste sie nachhelfen, da die Kraft einer Hand nicht reichte, um Vera zum Tisch zu schieben.

»Was gibt es denn Köstliches?«

Sie überlegte sich, ob sie ihm zur Hand gehen sollte. Andererseits hatte er bereits alles so vorbereitet, dass es keine uneleganten Handgriffe mehr benötigte.

»Ich bin mir sicher, dass Sie es erraten werden.«

Vera war sich nicht sicher, ob er das zynisch meinte. Bevor

sich Graller gegenüber von ihr hinsetzte, zog er recht umständlich das Sakko aus. Er musste sich stark zur Seite lehnen, damit der Arm aus dem Ärmel glitt. Graller trug ein kurzärmeliges Hemd, das den Stummel an der linken Schulter freilegte. Jetzt musste Vera hinsehen. Der Stummel zappelte, als würde er ihr winken. Graller ignorierte ihre Blicke und hob sein Glas.

»Es freut mich, dass Sie hier sind. Auf uns.«

Er lächelte und nahm einen Schluck. Der Abstand zwischen ihnen war zu groß, um wirklich anzustoßen. Erst jetzt fiel ihr die Narbe auf. Sie zog sich vom Oberarm bis zum Handgelenk. Sie fragte sich, ob die Narbe und die Amputation zusammenhingen. Graller deutete auf ihre Speiseglocke.

»Bitte. Fangen Sie an, es wird sonst kalt.«

Langsam hob sie die Glocke. Darunter lag zart geschnittenes Fleisch. Als Beilage dünne Kartoffelscheiben und gebratene Äpfel.

»Ich bin sehr gespannt, ich habe das Fleisch nach einem alten Rezept zubereitet.«

Er führte die Gabel zum Mund und kaute genüsslich.

»Ein bisschen zu viel Thymian. Weniger süß als erwartet. Ich finde, es schmeckt nach Huhn. Und ein bisschen nach Pferd. Probieren Sie.«

Veras Blick fiel auf den fehlenden Arm von Graller. Er beantwortete den Blick mit einem unzuordenbaren Lächeln.

»Vielleicht auch wie Ziege«, sagte er nach dem zweiten Bissen. Vera zögerte noch.

»Sagen Sie, Herr Magister Graller, darf ich Sie etwas fragen?«

Er stellte das Kauen ein und sah sie ernst an. Vera bekam es mit der Angst zu tun.

»Ihre Narbe, woher haben Sie die?«, versuchte sie sich langsam vorzuarbeiten.

Graller kaute weiter, ohne den Blick von ihr zu nehmen. Nachdem er geschluckt hatte, lächelte Graller konspirativ.

»Ich möchte Ihnen ein Geheimnis anvertrauen. Aber Sie müssen mir versprechen, es niemandem zu erzählen.«

Vera versuchte seinem eindringlichen Blick auszuweichen.

»Es bleibt unter uns, ganz sicher.«

»Ich habe mir diese Narbe selbst zugefügt.«

Vera schluckte.

»Warum?«

»Wissen Sie, es mag seltsam klingen, aber ich war schon immer ein Einzelgänger. Mit ein Grund, warum ich im Internet inseriere. Ich glaube, dass ich einfach kein spannender Gesprächspartner bin. Über die Narbe kann ich die unterschiedlichsten Geschichten erzählen. Vom Haiangriff bis zur Kriegsverletzung. Wollen Sie eine hören?«

Vera nickte verdutzt. Sie hatte keine Ahnung, ob es in einer solchen Situation noch immer angebracht war, höflich zu bleiben.

»Ich erzählte sie vor gut zwei Jahren einer Dame, die man während einer Kreuzfahrt ungefragt an meinen Tisch setzte. Auch sie sprach mich darauf an. Ich trage bei solchen Anlässen meistens Kurzarmhemden, dann ist es nur eine Frage der Zeit, bis sich das Gesprächsthema auf die Narbe richtet. Da ich aber in jenem Fall kein Interesse an Gesellschaft hatte, diente mir die Geschichte dazu, die lästige Dame loszuwerden. Ich erzählte, dass man mir bei meiner letzten Südamerikareise einen sehr langen Wurm entfernen musste, der sich offenbar in meinem Arm eingenistet hatte. Man musste akut operieren, sonst hätte man den Arm amputieren müssen. Die Dame ließ sich am nächsten Abend an einen anderen Tisch setzen.«

Graller lächelte stolz.

»Und Ihr fehlender Arm, haben Sie sich den auch …«

»Wollen Sie nicht kosten? Warm schmeckt es bestimmt besser als kalt.«

Vera nickte.

»Ja, gleich.«

»Ich habe es extra für Sie zubereitet. Es sollte ein besonderer Abend werden.«

Vera hob langsam die Gabel und führte sie zu ihrem Mund. Sie hielt inne.

»Ich bin gar nicht hungrig. Es tut mir leid. Aber ich bin so … aufgeregt.«

»Ich kann Ihnen versichern, dass es mir nicht anders geht. Aber Sie dürfen es nicht verschmähen. Ich muss Sie bitten, es wenigstens zu probieren. Es hat mich viel gekostet.«

Veras Blick fiel wieder auf den Stummel.

»Wie lange ist es her?«

»Nicht sehr lange«, antwortet Graller, als hätte sie nach dem Ablaufdatum des Fleisches gefragt.

»Und haben Sie noch Phantomschmerzen?«

»Kosten Sie«, wurde sein Ton fordernder.

Sie starrte auf den Teller und stellte sich vor, wie Graller den Arm auftaute, um lustvoll dünne Scheiben des zarten

Fleisches zu lösen. Gleichzeitig versuchte sie, telepathische Verbindung mit ihrer Schwester Silvia aufzunehmen. *Silvia, ruf an! Jetzt! Hol mich hier raus!*

»Darf ich ehrlich sein, Vera?«

Sie nickte, obwohl sie nicht sicher war, ob sie das wollte.

»Ich glaube, Sie haben mich am Telefon ein bisschen angeschwindelt, was Ihre ausgeprägten kulinarischen Interessen betrifft.«

»Ich wollte nur einen guten Eindruck machen. Das tut mir leid.«

»Warum haben Sie mich angelogen? Es wirft kein gutes Licht auf Sie, eine Beziehung so zu beginnen.«

»Beziehung?«

»Ich frage mich jetzt natürlich, welche Überraschungen mich sonst noch erwarten.«

»Ich habe ein Kind. Es ist erst vier Jahre alt.«

»Ein Kind, sehr gut.«

Vera stand auf.

»Es tut mir leid, ich muss jetzt wirklich gehen.«

Der Magister lächelte und nahm einen Schluck von seinem Wein.

»Das tut mir leid, Vera.«

Vera lief hinaus. Sie stolperte über den Teppich im Vorzimmer und landete beinahe in dem Bacchusbild. Sie riss an der Tür. Sie war verschlossen. Sie rüttelte. Sie schrie um Hilfe. Und als sie die Schritte von Magister Graller näher kommen hörte, rannte sie panisch in den dunklen Trakt der Wohnung. Sie lief durch zwei kleine Zimmer, dann bog sie rechts ab. Sie hatte das Gefühl, einen Halbkreis gerannt zu sein. Vor einer geschlossenen Tür kam sie zum Stehen. Geografisch gesehen musste dahinter wieder der Speisesalon liegen. Sie lauschte. Es waren keine Schritte mehr zu hören. Wahrscheinlich stand Graller genau hinter dieser Tür. Sie atmete tief durch und suchte nach einem Lichtschalter. Sie fand keinen. Der Fußboden knarrte. Graller schlich sich näher. Vera schloss die Augen und riss die Tür in einem schnellen Zug auf. Mit voller Wucht fiel sie ins Leere.

Als sie ihre Augen wieder öffnete, drehten sie sich um. Sie lachten und grölten. Klatschen konnten sie ja schlecht, die drei Männer mit den amputierten Armen. Von hinten hörte sie die Stimme von Graller, der ihr an die Schulter fasste. Sie zuckte zusammen.

»Nichts für ungut! Sie können sich beruhigen. Es war nur ein Scherz.«

Die anderen Einarmigen streckten ihr die Hände entgegen und stellten sich vor.

»Bis jetzt ist noch jede darauf reingefallen. Sie brauchen sich also nicht zu schämen«, kriegte sich Graller noch immer nicht ein vor Lachen. »Sie haben es wirklich geglaubt, oder?« Vera nickte. Sie war zu perplex, um mit angemessenem Ärger zu reagieren. Erst jetzt fiel ihr der Spionspiegel auf, der direkten Einblick in das Speisezimmer gewährte. »Also, ich sterbe vor Hunger«, sagte einer der Männer. »Schließlich stehen wir schon eine ganze Weile hier. Leisten Sie uns doch noch ein wenig Gesellschaft, dann erzähle ich Ihnen alles über unseren kleinen Verein.«

WAS KRATZER SCHMECKT

Er wusste es bereits, bevor er das Restaurant betrat. Der Koch würde heute eine Haube verlieren. Nicht, weil die Qualität nicht stimmte. Oder das Personal irgendwelche Mängel aufwies. Nein, das Metternich war mit Sicherheit der beste Gourmettempel der Stadt. Und trotzdem würde heute eine der vier Hauben flöten gehen. Einfach nur, weil sie nicht damit rechneten.

Das war eine der wenigen Freuden, die Kratzer noch blieben. Mit Genugtuung sah er, wie die Kellner aufgeregt in die Küche liefen, um dem Koch seine Ankunft zu melden. Inzwischen kannten sie ihn ja. Er war ein sogenannter Freund des Hauses. Unterwürfig nahm man ihm den Mantel ab und wies ihm den besten Platz im Lokal zu. Kratzer führte seit seinem Unfall ein zurückgezogenes Leben. Und nicht einmal seine engsten Freunde ahnten etwas von seinem Geheimnis.

Als der Oberkellner dem Koch mitteilte, dass sich Kratzer in die Hände des Küchenchefs begeben wollte, reagierte dieser verärgert. »Dieser dilettantische Schweinskopf isst doch sowieso alles. Servieren Sie ihm die Suppe von gestern. Streuen Sie 7 Löffel Salz hinein. Wir wollen den Fettsack mal so richtig dehydrieren sehen.« Der Koch lachte laut auf. Als niemand seine Anweisungen befolgte, wurde er lauter: »Na los, haben Sie nicht gehört?!« Zögerlich folgte der Lehrling seinem Befehl. Der Oberkellner stand da, als wäre er gerade von hinten mit einem Degen durchbohrt worden.

»Dann servieren wir ihm einen vergammelten Lungenbraten und peppen die Sauce mit ranziger Sahne ein wenig auf.« Er griff in die Mistkübel und suchte nach weiteren Zutaten. »Als Dessert servieren Sie ihm ein Mousse au Chocolat, das ich jetzt gleich persönlich am Klo zubereiten werde. Verstanden?«

Der Geselle folgte schweigend den Anweisungen. Er kannte die Wutausbrüche des Chefs, die auch vor Handgreiflichkeiten keinen Halt machten. Der Oberkellner löste gedanklich den Degen aus seinem Körper.

»Knallen Sie jetzt komplett durch?«

»Keineswegs«, gab der Koch lapidar zurück.

»Glauben Sie mir, der Fettsack merkt nichts.«

Der Kellner schüttelte den Kopf.

»Das ist Kratzer. Der schmeckt ein Sandkorn aus einem Grießbrei heraus.«

»Papperlapapp. Ich übernehme die Verantwortung. Sie haben das alles nicht gehört. Klar?«

Der Oberkellner gab sich damit nicht zufrieden. Es konnte ihn seinen Job kosten. Keine gute Idee nach drei Scheidungen.

»Ich weiß nicht, warum Sie das tun, Stransky, aber ich kann es nicht zulassen.«

Der Koch sah dem Kellner tief in die Augen. Nach dreißig Jahren kannte er diese Kerle wie seine Westentasche.

»Ich setze 1000 Euro, dass der Fettsack nichts merkt.«

Der Kellner runzelte die Stirn. Ein kleines Lächeln zuckte über seinen linken Mundwinkel.

»1000? Sie müssen sich Ihrer Sache ziemlich sicher sein.«

»Sie nicht?«

Der Kellner schlug ein und trug das Tablett mit der Suppe hinaus.

»Mit Empfehlung des Küchenchefs.«

Kratzer musterte schlecht gelaunt die grüne Brühe. Sie sah aus wie Schlamm aus irischem Sumpfgebiet. Aber das muss man bei kreativer Küche in Kauf nehmen. Sie versuchte ständig irgendwelche Naturvorkommnisse zu imitieren. Gierig löffelte er die Suppe in sich hinein. Der Kellner beobachtete ihn eindringlich. Doch Kratzer ließ sich nichts anmerken. Bei der Hälfte hielt er kurz inne, winkte den Kellner zu sich und sagte:

»Wasser!«

Dann löffelte er weiter. Innerhalb weniger Sekunden war auch der Rest der Suppe in seinem Schlund verschwunden. Er nahm das Wasserglas und trank es in einem Zug.

»Alles in Ordnung?«, fragte der Kellner.

Kratzer murmelte irgendetwas schlecht Gelauntes in sein Doppelkinn, was der Kellner nicht verstand. Dann winkte er das nächste Gericht herbei.

Niemand der Gäste hätte in Kratzer einen angesehenen Gourmetkritiker vermutet. Er fraß das Fleisch in einem unappetitlichen Tempo in sich hinein. Und hielt nicht eine Sekunde inne, um den Geschmack auf sich wirken zu lassen. Kratzer hätte dies bestimmt mit seiner Routine argumentiert. Doch Stransky wusste, dass etwas anderes dahintersteckte. Als Kratzer sein Mousse au Chocolat ohne mit der Wimper zu zucken aufaß, hielt er dem Oberkellner schon die offene Hand vor das Gesicht. Der Kellner runzelte nur misstrauisch die Stirn und machte sich ans Abservieren.

»Alles zu Ihrer Zufriedenheit?«

Kratzer sah den Kellner abfällig an.

»Sagen Sie Stransky, wenn er sich einen solchen Wahnsinn noch einmal erlaubt, kann er in einer sibirischen Dorfspelunke anheuern.«

Seelenruhig stand er auf und ging, ohne zu zahlen. Dem Kellner zuckte ein zweites Lächeln über den linken Mundwinkel. Er hielt Stransky jetzt seine offene Hand vor das Gesicht.

»Ich hätte Ihnen den Arsch aufgerissen. Dieser Kratzer ist wirklich eine abgebrühte …«

Doch Stransky war schon in der Küche verschwunden, um seinen Bruder, den Arzt, telefonisch in die Mangel zu nehmen.

Kratzer hingegen plagte das schlechte Gewissen. Bestimmt schmeckte das Essen ausgezeichnet. Aber manchmal musste er eben hart durchgreifen, damit ihm niemand auf die Schliche kam.

DAS WUNDER VON BÖHEIMKIRCHEN

Kessler spuckte aus dem Auto. »So. Noch eine Fuhr.«
Sein Assistent Rudi saß am Steuer und nickte abwesend.
Er hasste es, wenn Kessler aus dem Auto spuckte. Genauso
hasste er es, wenn Kessler ihn respektlos beim Vornamen
rief, während Rudi ihn schön brav Herr Kessler oder Chef
nannte. So wollte es die Hierarchie. Irgendwann – da war
sich Rudi sicher – würde auch für ihn die Zeit kommen,
ungestraft aus dem Fenster zu spucken. Obwohl er sich fest
vorgenommen hatte, niemals so tief zu sinken wie sein Chef.
Aber Kessler war eben Kessler. Da vermochte selbst die
allgegenwärtige Weihnachtsstimmung nichts auszurichten.
Kessler blieb Kessler, so wie er das ganze Jahr über Kessler
war. Und deshalb wurde er von den Vorgesetzten auch als
besonders zuverlässig geschätzt.
»Los. Starten«, schnauzte Kessler. Dann zündete er sich eine
Zigarette. an. Schleimiges Husten. Aufheulen des Motors.
Kessler warf einen kurzen Blick durch das vergitterte Fens-
ter in den Laderaum. »Die Ware ist ruhig. Letzte Station:
Böheimkirchen.«
Es war 12.23 Uhr. Und gegen 15.00 Uhr musste Kessler zu
Hause sein. Da wurde Heiliger Abend gefeiert. Wegen der
Kinder. Sonst bekam es Herr Kessler mit Frau Kessler zu

tun. So wollte es die Hierarchie. Wenigstens am Weihnachtstag.

»Jedes Jahr die gleiche Fuhr«, blies Kessler den Rauch gegen die Scheibe. »Jedes Jahr die gleichen Verrückten. Seit fünfundzwanzig Jahren.« Resigniert schüttelte er den Kopf.

»Aber es ist doch eine schöne Idee von der Stationsleitung, finden Sie nicht?«

Kessler neigte sein speckiges Antlitz zur Fahrerseite. »Nette Idee? Auch der Kommunismus war eine nette Idee. Und was ist dabei rausgekommen?«

Rudi zuckte die Achsel.

»Gequirlte Scheiße!« Husten. Fensterkurbeln. Grüner Schleim, der aus Kesslers Mund schoss. Es gab wirklich keine Frage, auf die Kessler keine Antwort wusste. »Von mir aus können sie die Verrückten in der Anstalt lassen. Warum jedes Jahr die gleichen Wahnsinnigen einsammeln? Das ist doch … verrückt!« Er gab sich mit einem kräftigen Kopfnicken selbst recht.

Rudi, der viel lieber Rudolf genannt werden wollte, lächelte selig vor sich hin. »Aber es ist doch Weihnachten, Chef.«

Kessler blies ihm den Rauch mitten ins Gesicht. »Aber es ist doch Weihnachten, Chef! Wer zum Teufel sind Sie? Heinz Rühmann?« Er lachte kurz auf. Zigarette. Husten. Schleim.

»Wenigstens zu Weihnachten sollten wir für unsere Mitmenschen da sein. Ich finde, das ist eine schöne Tradition. Eigentlich sollte jeden Tag Weihnachten sein.«

Kessler warf die Zigarette zum Fenster hinaus, schickte ihr noch einen deftigen Schleimbatzen hinterher und richtete sich auf. »Hören Sie zu, Rudi. Weihnachten ist doch nichts als ein Haufen gequirlter Scheiße. Jeden Tag Weihnachten?

Dann hätten wir lauter Amokläufer dahinten sitzen. Dagegen sind diese Ersatz-Jesusse eine Wohltat, das sag ich Ihnen!«

Rudis Gesicht wurde ernst. »Glauben Sie nicht an Jesus?«

Kessler warf einen Blick in den Laderaum und schüttelte den Kopf. »Fragen Sie doch unsere Freunde dahinten.«

Rudi lächelte. »Ja, das könnte interessant sein.«

»Wie das Christkind sieht dahinten keiner aus!«, grunzte Kessler verächtlich.

»Kennen Sie die Geschichte vom Christkind, Herr Kessler?«

Kessler hasste Rudis altkluge Art. Ginge es nach ihm, würde der schon längst hinten bei den anderen sitzen. Kesslers Alter und vorrangige Stellung in der Hierarchie geboten es ihm allerdings, souverän zu bleiben. »Nein, ich kenne nicht die Geschichte des gottverdammten Christkindes. Aber Sie werden sie mir bestimmt gleich erzählen.«

Rudi ignorierte die jähzornige Art seines Chefs. Viel zu sehr empfand er sich als Missionar des Wissens und schob die zurückweisende Art seines Gegenübers auf den verletzten Stolz des Ungebildeten. »Also. Die Kunstfigur des Christkinds hat Martin Luther um 1535 erfunden, weil er den katholischen Heiligen Nikolaus abschaffen wollte. Das Christkind eroberte zuerst das evangelische Deutschland, später breitete sich der Brauch ins Rheinland aus, dann nach Bayern und Österreich. So wurde auf Initiative des ›Ketzers‹ Martin Luther das Christkind zum Gabenbringer für die Kinder umfunktioniert. Das engelhafte Christkind bringt seither die Geschenke heimlich und bei Nacht, genauso wie das ursprünglich der Nikolaus getan hat. Bizarrerweise ist aber das weihnachtliche Christkind heute nur noch in katholischen Regionen verankert.« Rudi sprach, ohne Atem zu holen. »Später, Anfang des 20. Jahrhunderts, wird das Christkind dann durch den vom Nikolaus abgeleiteten Weihnachtsmann ersetzt, der weltweit einen Siegeszug antrat. Großen Anteil an seiner Verbreitung hat der Schriftsteller August Heinrich Hoffmann von Fallersleben, der schon 1835 das Lied *Morgen kommt der Weihnachtsmann* schrieb. Die rote Kleidung mit dem weißen Pelz bekam der Weihnachtsmann erstmals 1927 in New York, 1931 wurden die Farben in einer Werbeaktion von Coca Cola übernommen. Diese Farbkombination hat sich, wie es sich für einen Weltkonzern gehört, allgemein durchgesetzt. Steht genau so bei Wikipedia«, verkündete Rudi stolz.

Lauthals hustete Kessler auf. »Ich sag's ja!«

»Was sagen Sie?«

»Na, dass Weihnachten nichts als gequirlte Scheiße ist. Ein Fest für die Wirtschaft. Da mache ich nicht mehr mit. 6000 Euro in den letzten drei Jahren und kein Dankeschön.

Von Freude keine Spur. Dieses Jahr ist Schluss damit. Weihnachten fällt flach. Das sag ich Ihnen!«

»Weiß das Ihre Frau schon?«

Kessler schwieg und zündete sich eine Zigarette an.

»Und Ihre Kinder. Die ahnen wohl auch nichts?«

Kessler schwieg weiter und blies den Zigarettenrauch möglichst unweihnachtlich gegen die Vorderscheibe.

»Weihnachten ist doch das Fest der Kinder, Chef!«

»Na, da kennen Sie meine Kinder nicht. Undankbare Fratzen sind das. Sonst nichts!«

Ortstafel Böheimkirchen. Die fünf Männer, die hinten im Laderaum schweigend nebeneinandersaßen, sahen kurz auf, als der Wagen ruckartig stehen blieb. Sie kannten das Prozedere bereits. Jeden 24. Dezember wurden sie von Kessler abgeholt und auf die Station gebracht, denn am Heiligen Abend, so die Anstaltsleitung, dürfe niemand allein sein. Nach ein paar Tagen wurden sie wieder in die Freiheit entlassen, da schließlich keiner von ihnen eine Gefahr für die Gesellschaft darstellte.

Der wahre Grund für diese Aktion hatte natürlich mit Geld zu tun. Wenn am Weihnachtsabend die Lokalpolitiker auftauchten, um sich am 24. Dezember mit diversen gesellschaftlichen Randgruppen fotografieren zu lassen, sollte der Eindruck vermittelt werden, dass die Station aus allen Nähten platzte und man unbedingt mehr Geld benötigte. Wenn die Politiker verschwunden waren, hatten die Eingesammelten ihren Zweck erfüllt und wurden bis zum nächsten Jahr wieder auf freien Fuß gesetzt. Da man niemanden zum Mitmachen zwingen konnte, fand die ganze Aktion unter dem Deckmantel des weihnachtlichen Mitgefühls statt.

Da saßen sie nun, wie jedes Jahr: Jesus vom Alsergrund saß neben Jesus von Korneuburg, der wiederum neben Jesus von St. Pölten saß, und dessen Gegenüber Jesus von Fünfhausen wiederum neben dem Jesus von Baden. Neben diesem war noch ein Platz frei. Und der war wie jedes Jahr für den Jesus von Böheimkirchen reserviert. Der Einzige, der sich wie üblich nicht zu ihnen gesellen würde, war Jesus von Nazareth. Schweigend saßen sie nebeneinander. Was sollte man schon reden: Schließlich vermutete jeder im anderen einen Ketzer.

Und für eine theologische Diskussion, um ein für alle Mal klarzustellen, wer von ihnen nun der wahre Messias sei, waren sich die Herren dann auch zu schade. Stattdessen saßen sie wortlos nebeneinander und starrten stumm auf den Boden.

Durch das kleine Gitterfenster erschien das rot unterlaufene Auge von Kessler.

»So. Die Ware ist ruhig. Ich werde mal nachsehen, wo der letzte Ersatzjesus steckt. Weit kann er ja nicht sein. Rudi, Sie geben derweil acht.«

Rudi nickte. Sein Blick schweifte über den menschenleeren Marktplatz. Es herrschte eine beunruhigende Stille. Irgendetwas stimmte nicht. Seufzend stieß Kessler die Wagentür hinter sich zu und marschierte los. Rudi beobachtete ihn, bis er in einer kleinen Nebengasse verschwand.

Rudi fragte sich, ob er sich im Zweifelsfall wohl für den Weihnachtsmann oder das Christkind entscheiden würde. Nun, ehrlicherweise gefiel ihm die amerikanische Version, so bizarr auch die Entstehungsgeschichte sein mochte, um einiges besser. Ein Kleinkind, das in der Nacht Geschenke brachte, kam ihm eher unheimlich vor. Ein alter Mann, der sich durch den Schornstein in fremde Wohnungen schlich, erfüllte ihn allerdings auch nicht mit Wohlbehagen.

Seine Gedanken begannen abzuschweifen. Irgendwie ließ die Weihnachtsstimmung heuer auf sich warten. Und er dachte darüber nach, woran dies liegen konnte, denn eigentlich liebte Rudi Weihnachten. Nicht, weil er den Namen eines rotnasigen Rentiers trug – zu Weihnachten fühlte er sich in seine Kindheit zurückversetzt. Glückliche Tage auf dem Bauernhof seiner Großmutter. Der knisternde Kamin.

Der süße Duft von Lebkuchen, der sich mit dem trägen Geruch der Karpfenpanier vertrug. Überhaupt schien sich alles an diesem Tag zu vertragen. Die schnarchende Großmutter, die neben dem Kamin eingeschlafen war.

Das war es! Es fehlte der Schnee. Es herrschte zwar klirrende Kälte, welche die Luft noch klarer erscheinen ließ, aber weit und breit war keine Schneeflocke in Sicht. Wie wohl in südlichen Ländern, wo es nicht einmal im tiefsten Winter schneite, jemals weihnachtliche Stimmung aufkam? Braun gebrannte Menschen, die schwitzend in kurzen Hosen vor einem synthetischen Tannenbaum standen und »Stille Nacht« sangen. Ob der Weihnachtsmann in solchen Gefilden Winterkleidung trug? Oder musste er aufgrund der Witterung in roten Bermudahosen auftreten und statt »Hohoho« so etwas wie »Aloha« von sich geben? Rudi konnte sich weder den Weihnachtsmann noch das Christkind in einer mild klimatisierten Umgebung vorstellen. Obwohl es damals in Israel keineswegs kalt gewesen sein konnte.

Nachdenklich riskierte Rudi einen Blick durch das kleine Gitterfenster in den Laderaum. Seelenruhig saß ein Jesus neben dem anderen, so als wäre der Sitznachbar überhaupt nicht vorhanden. Warum hatten sie sich für ein Leben in der Illusion entschieden? Was war passiert? Hatten sie sich überhaupt dafür entschieden? Oder hatte das Leben für sie entschieden? Handelte es sich tatsächlich um eine psychische Krankheit? Oder steckte etwas anderes dahinter? Einer der Männer – sie trugen alle Vollbart – sah auf. Er schenkte Rudi ein gütiges Lächeln.

Plötzlich ein Knall. Rudi und der Jesus vom Alsergrund

schreckten gleichzeitig hoch. Kessler klopfte verärgert gegen die Beifahrerscheibe. »Verdammt!«

»Was ist los, Chef?«

»Er ist verschwunden.«

»Verschwunden?«

»Ja, dort wo er jedes Jahr seine Weihnachtspredigt hält, steht ein Staubsaugervertreter!« Kessler spuckte ein gewaltiges Stück Schleim auf den Boden. Er wusste: Wenn er mit einem Jesus weniger in der Anstalt auftauchte, gab es Ärger. Dort war man heute Abend auf jeden Irren angewiesen.

»Haben Sie bestimmt überall nachgesehen?«

Er schenkte Rudi einen Blick, den er normalerweise nur für die Verrückten übrig hatte.

»Chef, warum glauben eigentlich so viele Menschen, dass sie Jesus sind?«

»Woher soll ich das wissen?« Was Rudi als Aufmunterung meinte, führte bei Kessler zu einer massiven Schleimabfuhr. »Wahrscheinlich eine Modeerscheinung. Vor zwanzig Jahren glaubten die meisten Wahnsinnigen, Napoleon zu sein. Mit denen hatten wir wenigstens unseren Spaß. Aber diese Weltverbesserer ...« Er führte den Satz mit einer abwinkenden Geste zu Ende.

Rudi dachte darüber nach, ob es wohl einen Grund dafür gab, dass Jesus bei Persönlichkeitsgestörten momentan so populär war. Und warum vorher ausgerechnet Napoleon? Aber Kessler war jetzt nicht in der Stimmung, die großen Fragen der Menschheit zu klären. Er hatte andere Sorgen.

»Was machen wir jetzt, Chef?«

»Wir müssen ihn finden!«

Die fünf Herren, die hinten im Laderaum saßen, waren keineswegs irritiert, als Kessler den Wagen abschloss, um gemeinsam mit Rudi auf die Suche nach dem Vermissten zu gehen. Viel zu sehr waren sie mit ihren Auferstehungsgedanken beschäftigt, auch wenn der eine oder andere sich tatsächlich dachte, dass es wieder mal typisch war, dass ausgerechnet der Kollege aus Böheimkirchen Zicken machte. Aber was sollte man sich als Messias groß ärgern? Es wäre alles andere als souverän, eine Zornespredigt auf den Lokalmatador zu halten. Aber Gedanken! Gedanken durfte man sich schließlich noch machen. Das konnte einem niemand verbieten. Und so blieben die fünf hinten sitzen, ohne auch nur einen Mucks von sich zu geben.

Kessler ging eiligen Schrittes voraus. Rudi stolperte hinterher. Sie gingen durch alle Gassen von Böheimkirchen. Über dreißig Minuten suchten sie jeden Winkel ab. Böheimkirchen war wie ausgestorben. Kessler blieb stehen und spuckte resigniert auf den Boden. »Gottverlassenes Kaff!«

Rudi lächelte. »Im wahrsten Sinne des Wortes.«

Kessler knurrte.

»Moment!«, kam es Rudi. »Gibt es eine Kirche in Böheimkirchen?«

Kessler nickte. »Kluger Junge«, murmelte er, als er eilig vorausging.

Die Kirche war eigentlich eine Kapelle, in der gerade mal dreißig Menschen Platz fänden. Der Konjunktiv war hier angebracht, da die Kapelle nie so vieler Böheimkirchner ansichtig wurde. Der Name des Ortes war daher irreführend und drückte vielleicht eher eine schwindende Hoffnung aus.

Böheimkirchen war vom Vatikan längst aufgegeben worden. Da musste man schon ordentlich was ausgefressen haben, wenn man in den Umkreis von BK versetzt wurde, wie man es in Fachkreisen abwertend nannte,

Die Tür stand sperrangelweit offen, so als handelte es sich um eine letzte, verzweifelte Tat, doch noch jemanden in das Innerste des Glaubens zu locken. Hinter der Tür: Dunkelheit. Keine einzige Kerze ließ auf einen Zuständigen schließen. Die Kapelle stand genauso gottverlassen da wie das restliche Böheimkirchen.

Vorsichtig wagte sich Kessler ins Innere. Rudi folgte ihm zögernd und fragte sich gleichzeitig, warum ihm Gotteshäuser so viel Angst einjagten. Schließlich sprach man ja ständig von einem gütigen, lieben Gott.

Plötzlich eine dumpfe Stimme aus der Dunkelheit: »In Wahrheit ist es würdig und recht, dass Ihr eintretet unter mein Dach.«

Rudi hielt inne. Auch Kessler stand wie gelähmt im Dunklen und rührte sich nicht. Das war nicht Gott. Erstens fehlte der Stimme mystischer Hall. Und zweitens würde sich Gott vermutlich nicht falsch zitieren.

»Wer ist da? «, schnauzte Kessler in Richtung Altar.

Ein Zischen, und die Kapelle wurde von einem armseligen Ikea-Teelicht erleuchtet. »Das Lamm Gottes, das hinwegnimmt die Sünden der Welt.«

Kessler setzte erneut an, sich seines Schleims zu entledigen, wurde aber rechtzeitig gewahr, wo er sich befand, und schluckte ihn gequält hinunter.

Das Lamm Gottes stand traurig vor dem Altar. Es war um

die fünfzig, in ein weißes Leintuch gewickelt und wirkte einigermaßen verwirrt.

»Was machen Sie hier?«, forderte Kessler Rechtfertigung. Schließlich kannte man sich seit Jahren. Und dieses Versteckspiel wertete Kessler als Vertrauensbruch.

»Ich bete für die Menschheit.«

Rudi betrachtete das Kruzifix an der Wand. Der geschnitzte Jesus am Kreuz hatte nicht die marginalste Ähnlichkeit mit dem Jesus, der da vor ihm stand. Er überlegte, ob er den Böheimkirchner Kollegen darauf hinweisen sollte, befürchtete aber, für noch mehr Verwirrung zu sorgen, weil natürlich die Frage der Chronologie gleich mit anhängig wäre. Für jemanden, der sich für Jesus hielt, musste es seltsam sein, das eigene Abbild zu betrachten, das ihn bei etwas zeigte, was bereits vor zweitausend Jahren passiert war. Aber mit Logik hatte das hier wohl nichts zu tun. Gut, die Geschichte vom Weihnachtsmann oder die vom Christkind schien vom logischen Standpunkt aus betrachtet auch nicht gründlich durchdacht. Aber das hier warf ja ausschließlich Fragen ohne Antworten auf.

»Alles Gute zum Geburtstag!«, versuchte Kessler das emotionale Rad zu drehen.

»Danke«, antwortete der Jesus von Böheimkirchen. Müde setzte er sich hin und bedeutete Kessler, neben ihm Platz zu nehmen. Der aber blieb stehen und versuchte es mit der üblichen Pflegermasche: »Sie müssen an Ihrem Geburtstag nicht allein sein. Wollen Sie nicht mitkommen?« Zwingen konnte er den armen Irren ja leider nicht.

»Mitkommen? Wohin soll ein Mann wie ich noch gehen?«

»Nun, Sie sehen aus wie jemand, der ein wenig Gesellschaft gebrauchen könnte.«

»Was für Gesellschaft?«

Kessler zögerte. »Nun …« Er rang um die richtige Formulierung. »Gleichgesinnte.«

Jesus vergrub seinen Kopf in den Händen. »Gleichgesinnte? Ich habe schon seit Monaten niemanden mehr getroffen, der sich für die Worte Jesu interessiert hätte. Was ist ein Messias ohne Jünger schon wert?«

»Was ist los mit den Böheimkirchnern? Haben sie den Glauben verloren?«

Jesus seufzte. »Viel schlimmer. Sie hören mir nicht mehr zu. Ich vollbringe ein Wunder nach dem anderen. Aber sie ignorieren mich.« Sein Blick fiel auf das Holzkreuz. Verzweifelt sah er sich selbst an. »Mein Gott, warum hast du mich verlassen?!«

Da lag also der Hund begraben. Früher machten sich die Passanten wenigstens noch lustig über ihren ortsansässigen Jesus, waren sie ihm doch gleichzeitig auf seltsame Weise wohlgesinnt. Schließlich wollte ihnen der verwirrte Mann im Leintuch nichts Böses, und im tristen Böheimkirchner Alltag sorgte der einstige Kleinbauer Mayerhofer für die Gewissheit, dass man selbst normal, wenn jemand anderer offensichtlich verrückt ist.

»Warum ist niemand auf der Straße?«

Jesus zögerte mit der Antwort. Autoritäres Verhalten rief bei ihm eine sofortige Trotzhaltung hervor. »Sie wollen wissen, warum niemand auf der Straße ist?«

Kessler nickte bestimmt.

Jesus warf einen flehentlichen Blick auf sich selbst an der Wand. Dann schluchzte er in die stumme Dunkelheit hinein. »Ich wollte den Menschen doch nur eine Freude machen!«

»Was ist passiert?«

»Ich habe ihnen alles geschenkt, was ich besitze. Und jetzt sperren sie mich aus!«

»Was heißt, Sie haben ihnen alles geschenkt?«

»Sie glauben doch nicht ernsthaft, dass ich sonst in so einem Aufzug herumliefe?«

Kessler betrachtete das weiße Leintuch, in das Jesus gehüllt war. »Kommt mir jetzt nicht wirklich ungewöhnlich vor.«

»Sagen Sie, in welchem Jahrhundert leben Sie eigentlich?«

Kessler sah den Verrückten, der ihn offensichtlich für verrückt hielt, verblüfft an. »Sie haben alles verschenkt?«

Jesus nickte. »Meine Uhr. Mein Auto. Mein Telefon. Meine gesamte Kleidung. Als ich nackt war, flüchteten sie vor mir, weil sie mich wahrscheinlich für einen Perversen hielten. Und das nach all den Jahren.«

»Die werden Sie schon wieder in die Dorfgemeinschaft aufnehmen«, versuchte Kessler den armen Mann aufzumuntern. Allerdings dachte er dabei nur daran, wie er es schaffen konnte, den durchgeknallten Kleinbauern zum Mitkommen zu überreden.

»Herr Kessler, da müsste ein Wunder geschehen.«

»Na, das ist doch genau Ihr Metier!«, scherzte Kessler zurück und verschlechterte damit seine Verhandlungsbasis enorm.

»Was nützt ein Wunder, wenn die Menschen nicht mehr

fähig sind, bedingungslose Liebe anzunehmen? In so einer Welt will ich nicht leben.«

Plötzlich spürte Kessler eine Hand auf seiner Schulter. Er schreckte auf.

»Darf ich Sie kurz sprechen, Chef?«

Kessler zögerte. Ging aber mit dem Assistenten hinaus. Dort durfte er immerhin wieder spucken. »Was ist?«

»Ich glaube, ich weiß, wie man ihn zum Mitkommen überreden könnte.«

Kessler wohnte in einem Reihenhaus, das genauso lieblos aussah, wie sich die Anwesenheit seines Eigentümers anfühlte. Es war Punkt 15 Uhr, und man hatte die letzte Stunde in erster Linie mit hektischer Organisation verbracht. Zuerst erforderte es ein halbstündiges, sehr eindringliches Telefonat mit Kesslers Frau, um sie von dem Vorhaben zu überzeugen.

Das Weihnachtsmannkostüm schwatzte man einem Alkoholiker, der ohnehin sehr widerwillig vor einem Kaufhaus stand, für hundert Euro ab. Dass es dem Jesus von Böheimkirchen um mindestens zwei Nummern zu klein war, nahm man aufgrund des Zeitdruckes in Kauf, auch wenn sich dieser in seiner Eitelkeit verletzt fühlte. Hektisch hatte Kessler dem Weihnachtsmann noch einen Sack voll mit Geschenken in die Hand gedrückt.

Während die anderen Jesusse das Geschehen misstrauisch beobachteten und nicht ganz verstanden, was da eigentlich vor sich ging, postierte sich der Jesus von Böheimkirchen vor dem trostlosen Portal des Reihenhauses und drückte aufgeregt die Klingel. Er zupfte sich das zu kleine Kostüm zurecht.

Frau Kessler und die beiden Kinder, denen die Lieblosigkeit des Reihenhauses auf einen Blick anzusehen war, lachten erfreut auf. Ja, sie hörten gar nicht mehr auf damit. Sie lachten und lachten. Frau Kessler fiel dem perplexen Weihnachtsmann um den Hals. Die Kinder tanzten ausgelassen um ihn herum, in der Erwartung, dass es für jede Übertreibung ein Geschenk mehr gab.

Der Jesus von Böheimkirchen, der glaubte, ein neuerliches Wunder bewirkt zu haben, stand mittendrin und lachte glücklich drauflos. Er lachte, und alle lachten mit. Frau Kessler, die Kinder, die immer wieder verstohlene Blicke auf den Geschenkesack warfen. Im Hintergrund standen Herr Kessler und sein Assistent und beobachteten gemeinsam mit den Patienten das Geschehen. Die fünf anderen Jesusse wunderten sich nach all den Jahren über gar nichts mehr.

Rudi empfand es zwar als elendes Schauspiel. Aber es war das erste Mal, dass zu Weihnachten im Hause Kessler gelacht wurde. Auch wenn es eine inszenierte Freude war. Die Freude des Weihnachtsmannes war echt.

Und als gegen 18 Uhr ein überglücklicher Jesus von Böheimkirchen zwischen fünf Gleichgültigkeit vortäuschenden Kollegen saß, dachte Kessler, dass er gar nicht so unfroh war, in einer Zeit zu leben, in der es unter den Verrückten populärer war, Jesus zu sein und nicht Napoleon.

SCHWEISS

Kortner schleifte das Jungwild in den Keller, um es auszuweiden. Er hatte es bereits gebrochen. Im Äser steckten grüne Zweige, um den letzten Bissen zu markieren. Ein Zeichen für Respekt und Versöhnung mit der Natur. Kortner war bereits um vier Uhr aufgestanden. Wenn das Alttier Gertrude für ein paar Tage ausfuhr, dann nutzte er die Tage, um auf die Jagd zu gehen. Obwohl seine Frau behauptete, dass sein ganzes Leben ohnehin aus nichts anderem bestand. Anludern, ausgehen, ausmachen, anpirschen, ansprechen, antragen, anfallen. Kortner war nicht umsonst Kortner. Wenn er etwas anblies, ergriffen die anderen die Flucht. Die größte Bank, die größte Versicherung, die meisten Immobilien, die wichtigsten Medien. Kortners Trophäen füllten die halbe Stadt. Erst vor Kurzem hatte er sich einen neuen Hochstand gebaut. 136 Meter Höhe. 44 Zentimeter niedriger als der Stephansdom. Auch Kortner hatte seine Prinzipien.

Das unterschied ihn von den Jungen, die außer abnicken nichts beherrschten. Sie begriffen nicht, dass der Stich ins Genick ein Mittel zum Zweck war und mit Lustgewinn nichts zu tun hatte. Die Jagd ist eine Frage des Bestandes. Kortner beherrschte das Abführen genauso wie das Abliebeln. Aber wenn er vor einem Prachtstück stand, dann wusste er, was zu tun war. Hirschfieber kannte der Kortner nicht.

Natürlich lagen sie auf der Lauer. Immerhin war Kortner über 60. Und langsam machten ihm die Geräusche Probleme. Herz, Leber, Nieren. Schon seit Jahren erklärten ihn die teuersten Privatärzte für tot. Aber die Verluderung beginnt bereits mit 20. Und wer dann noch nicht begriffen hat, jeden Moment auszukosten, würde auf ewig ein Beihirsch bleiben. Der Kortner hatte begriffen. Und während seine Jugendfreunde ohne Ende faselten, hatte er bereits die Fährte aufgenommen, um mit 35 die größte Bank des Landes zu leiten, zwei Villen zu bauen, ein prächtiges Jungtier namens Gertrude zu belegen, sie zu heiraten und einen Sprung von drei Kindern im Nest zu zählen.

Die drei Töchter haben längst den Einfall verlassen. Das stolze Ross Anna auf Distanz nach London, um einen Marokkaner zu heiraten. Nach langem Mahnen der Frau hatte er sich durchgerungen, das Schwarzwild zu akzeptieren. Wenn jemand Lunte roch, dann war ihm ein fleißiger Marokkaner in jedem Fall lieber als ein fauler Österreicher. Er wollte seine Älteste nicht vergrämen. Obwohl sie ihn hasste, liebte er die Älteste am meisten. Das spürten die anderen. Und vielleicht flüchtete die Maus Maria deshalb vor ein paar Jahren nach Boston, um dort zu studieren. Von ihr wusste Kortner so gut wie nichts. Manchmal ertappte er sich sogar dabei, ihr Gesicht vergessen zu haben. Klugerweise wechselte sie das Revier, um dem Platzhirschen Kortner zu entgehen.

Die jüngste, Christa, ein stolzes Reh, blieb in seiner Nähe.

Sie leitete eine seiner Tageszeitungen. Kortner gefiel, was sie tat. Und ihr gefiel, dass sie ihm gefiel. Nach der Schonzeit ließ er sie zwar wissen, dass er sie ohne Scheu sichern würde, wenn sie den Bestand gefährde. Aber er war sicher, dass sie diese Liebeserklärung begriff. Gertrude, die Mutterkuh, würde es ihr schon übersetzen.

Kortner stand im Schweiß des Jungtiers. Er wühlte sich durch die Eingeweide. Ihre Wärme war die letzte Erinnerung an einen friedlichen Morgen im Wald. Und als Kortner in die aufgerissenen Augen des Rehs blickte, erschrak er beinahe. Trotz der Bewegungslosigkeit sahen sie lebendig aus. Sie starrten ihn an. Nicht vorwurfsvoll. Mitleidig. Und das hielt der Kortner gar nicht aus. Er wedelte mit der Hand vor den Augen des Rehs, um sich zu vergewissern. Er maßregelte sich selbst. Kortner, da war kein Licht! Unmöglich. Du stehst in den Innereien des Tiers! Du drehst durch! Kein Wunder! Es ist der sechste Morgen auf Jagd! Jesus Maria! Mit einem Satz sprang Kortner zurück. Er zitterte am ganzen Leib. Die Läufe des Rehs zuckten. Schlegelten! Gleichförmig. Als ob es weglaufen wollte. Die nicht stattgefundene Flucht nachzuholen versuchte. Unmöglich! Nach zwei Stunden! Kortner schloss die Augen. Öffnete sie. Steif. Das Tier war steif. Neben dem Reh lagen die Innereien. Die Läufe hielten still. Und die Augen – sie waren geschlossen. Er hätte schwören können ... unmöglich!

Er ließ das Tier unverrichteter Dinge zurück und stellte sich unter die kalte Dusche. Ein langer Tag wartete auf ihn. Bei Sinnen musste er sein. Der Kortner war brav! Er musste diesen Morgen abstreifen. Wie das Fell eines Hasen. Das kalte Wasser perlte an ihm ab. Schon seit Jahren waren ihm keine Bilder aus der Kindheit durch den Kopf gegangen, aber jetzt schälten sie sich durch die morgendliche Nüchternheit wie ein warmer Sonnenstrahl, der den Frühling einläutete. Das Krähen des Hahnes. Das Gras nach dem Regen. Das Füttern der Kühe. Das Spielen mit den Hunden. Die erste Katzengeburt. Das Rupfen der Gänse. Das Sammeln von Stroh. Die Küken im Karton. Die tropfende Blutwurst in der Dusche. Die vierzig Katzen, die alle Mizzi hießen. Und natürlich Onkel Franz, der behauptete, jetzt kämen sie ihn bald holen. Jeden Abend stand er am Feld. In der Linken einen Doppler, in der Rechten den Fernstecher. Doch die Außerirdischen kamen kein zweites Mal.

Untertags kümmerte sich der Franzonkel um die Tiere. Die Großmutter behauptete, dass er mit ihnen sprechen konnte. Die Kinder belauschten ihn heimlich und lachten über sein seltsames Gestammel. Einmal nahmen sie einen Hasen heimlich aus dem Käfig und legten eine Nachricht der Außerirdischen bei. Dann warteten sie auf den Franzonkel. Als dieser die Nachricht las, sah er sich misstrauisch um. Die Kinder hielten sich versteckt und lachten ihn aus. Ohne das Gesicht zu verziehen, nahm der Franzonkel ein Karnickel aus dem Käfig, drehte ihm den Hals um und ließ es schweigend auf den Boden fallen. Wie ferngesteuert tötete er alle Hasen. Das Krachen der umgedrehten Hälse saß Kortner noch heute im Rückenmark. Er ließ den Haufen toter Hasen hinter sich und verließ schweigend den Hof. Die Kinder schworen sich, darüber kein Wort zu verlieren.

Und als der Franzonkel auch am Abend nicht aufgetaucht war, begann man sich ernsthaft zu sorgen. Der Vater trommelte die Bauern aus der Umgebung zusammen. Die ganze Nacht hatten sie gesucht. Aber vom Franzonkel fehlte jede Spur. Zwei Tage später fanden sie ihn tot am Feld liegen. Die Außerirdischen waren doch ein zweites Mal gekommen. Behauptete die Großmutter, während die Kinder kein Wort über die Sache verloren. Noch nie hatte Kortner mit jemandem darüber gesprochen. Aber als er die aufgerissenen Augen des Rehs erblickte, schoss ihm der Haufen toter Hasen durch den Kopf. Dafür hatte ihn noch keiner bestraft. Der Kortner war brav.

Als er aus der Dusche stieg, vermied er den Blick in den Spiegel. Er schlüpfte in seinen Anzug. Die in Blut getränkte Jagdhose ließ er im Badezimmer liegen. Als er die Kellertür passierte, durchzog ihn noch ein kurzer Schauer. Er ging schnurstracks aus dem Haus, um den Chauffeur während der ganzen Fahrt anzuschweigen.

Als Kortner den Tower betrat, begrüßte man ihn unterwürfig. Dafür wurden sie bezahlt. Dafür garantierte er den Bestand. Er hatte sie alle gut abgeführt. Und wenn sie ihn schon nicht liebten, respektierten sie zumindest seine Autorität. Der Kortner war streng, aber gerecht. Die Gänse in seinem Büro. Der Truthahn Fortell, der zu allem nickte, was Kortner absonderte. Und natürlich seine Führungsriege, gemästete Säue, die ihre Ungleichheit durch die Sitzungssäle grunzten. Schnaufend betrat Kortner das Büro. Nachstierende Hälse, die er nicht beachtete. »Ihre Frau hat angerufen«, kratzte es durch den kleinen Lautsprecher. Der Ausblick beruhigte ihn. Von hier oben konnte er sehen, was ihm gehörte.

»Stellen Sie durch.«

»Trude, mein Reh, hast du gut geschlafen?«

»Wir müssen reden.«

»Wenn es wieder um Anna geht, dann …«

»Ich werde dich verlassen, Kortner.«

»Was?«

»Es ist aus. Ich habe dich satt. Ich will dieses Leben nicht mehr führen. Ich gehe, bevor es zu spät ist.«

»Aber du bist sechzig.«

»Eben.«

»Wer ist er?«

»Kortner, wenn ich mich verliebt hätte, würde ich dich nicht verlassen.«

»Du spinnst.«

»Ich habe nicht erwartet, dass du es verstehst. Deshalb will ich mich kurz halten. Den Rest erledigen wir über die Anwälte.«

Zwei Minuten später legte sie auf.

Kortner starrte von seinem Tower herunter. Er stand in seinem eigenen Schweiß und hatte Angst, dass man sein Herzklopfen bis ins Sekretariat hören konnte. »Verbinden Sie mich mit meiner Tochter.« Die Gänse da draußen wussten, dass damit die treue Christa gemeint war.

»Deine Mutter verlässt mich.«

»Ich weiß.«

»Also bin ich der Letzte, der es erfahren durfte.«

»Sie verlässt dich schon seit Jahren.«

»Warum? Ich habe ihr doch alles gegeben.«

»Eben.«

»Was soll das heißen?«

»Du fragst nicht, was ihr fehlte.«

»Ich habe sie vergrämt.«

»Deine Frau ist kein Jagdwild.«

»Sie ist deine Mutter, sprich nicht so von ihr!«

»Wenn du etwas brauchst, ruf mich an. Ich werde auf jeden Fall für dich da sein.«

»Ich muss denken!«

»Es ist zu spät.«

Christa bot ihm noch diverse Hilfestellungen an, um ihr schlechtes Gewissen zu beruhigen. Kortner lehnte alles ab. Die Erleichterung seiner Tochter verletzte ihn.

»Ich will niemandem zur Last fallen«, legte er den letzten Köder. Mehr Schwäche durfte der Kortner nicht zeigen.

Ahnten sie etwas? Hatten sie die Jagd auf ihn eröffnet? Sie, die sonst vor ihm in Deckung gingen. Die Schweine saßen da und waren die Schweine, die sie immer waren. Gierig machten sie sich über das Essen her. Noch gieriger stierten sie auf die Position des Nächsten. Am gierigsten auf die Frau des anderen. Nur Kortner wusste, dass sich jede von ihnen mindestens einem Nachbarschwein als Perle um den Hals warf. Denn er hatte sie alle – wann er wollte, wo er wollte und wie er wollte. Nur so kam er an alle Informationen, die er brauchte. Nur so hielt er die Schweine in Schach. In seinem Landhaus hatte sich noch jede mit ihm verbündet. Und so manch eine hatte auf diese Weise den Kopf ihres Mannes gerettet. Doch heute sah er die Schweine, wie sie es alle mit Gertrude trieben. Grunzend ritten sie auf der Stute Trude, die vor Geilheit wieherte, um ihn gleich danach zu verraten. Wussten sie Bescheid? Hatten es die Gänse bis zu den Schweineställen gegackert? Sie verhielten sich zwar anbiedernd wie sonst, doch fehlte ihnen die Angst. Fast hörte Kortner so etwas wie süffisanten Spott heraus. Als würden sie den angeschlagenen Stier noch demütigen, bevor sie ihm den Gnadenstoß verpassten. Der schlecht inszenierte vorauseilende Gehorsam beschämte ihn. Er ekelte sich vor ihren falsch gemeinten Komplimenten. Und mit jeder linkischen Gefälligkeit kam er sich noch lächerlicher vor.

Das erste Mal in der Geschichte des monatlich stattfindenden Sauschädelfressens ging er früher als die anderen. Er verließ das eigene Stück noch vor dem zweiten Akt, der traditionell vorsah, dass die Schweine den Selbsthuldigungen Kortners andächtig lauschten. »Hände falten, Goschen halten«, hieß die Devise. Der dritte Akt eröffnete meist mit der Schikanierung eines Kellners, die im Finale grande an allen Anwesenden fortgesetzt wurde. Die Schweine ließen dies artig über sich ergehen, zogen ihre Frauen an den Haaren, damit sie ja ihr Maul hielten. Der Abend war zu Ende, wenn Kortner es sagte.

»Ich muss mich entschuldigen, ich wünsche euch einen schönen Abend.«

Der höfliche Tonfall irritierte die Schweine fast mehr als die Uhrzeit. Kortner ging und hinterließ ihnen das mulmige Gefühl, jetzt nicht zu wissen, wie sie sich richtig zu verhalten hatten. Im Augenwinkel sah er noch den Truthahn den Vorsitz übernehmen. Sein Hals neigte sich beruhigend in alle Richtungen. Als wollte er vermitteln: Das ist eine Prüfung.

Kortner klopfte gegen die abgedunkelten Scheiben seines Wagens. Der verschlafene Chauffeur öffnete peinlich berührt. Kortner schickte ihn freundlich nach Hause. Der Chauffeur rechnete mit einer fristlosen Entlassung am nächsten Tag. Das erste Mal seit Jahren setzte sich Kortner selbst ans Steuer. Er fuhr durch die Stadt. Er passierte ein Kortner-Gebäude nach dem anderen. Von hier unten hatte er nicht das Gefühl, dass sie ihm gehörten. Hinter den verdunkelten Scheiben glitt er durch die Häuserschluchten wie ein Raubfisch durch das Riff. Nichts schien ihm wert, gejagt zu werden. Wie konnte Gertrude ihm das antun? Er fühlte sich einsam – allein war er schon seit Jahren. Aber ohne Gertrude war er verloren, weil ihm der Kronzeuge fehlte.

Die Straßen hatten sich geleert. Und die Towers der Sauschädelfresser wachten über eine einwohnerlose Stadt. Immer wieder schnappten Kortner die Augenlider zu. Doch der Raubfisch glitt beständig von Riff zu Riff. Als er lauernd an der Ampel stand, konnte er ihn im toten Winkel noch sehen. Auch wenn er sich in der Sekunde nicht ganz sicher war, wach gewesen zu sein. Aber was machte es schon für einen Unterschied, ob ein zwei Meter großer Hase real oder surreal um die Häuserecke bog. Beides führte zum gleichen Ergebnis. Kortner rüttelte sich am ganzen Körper, um bei Sinnen zu bleiben.

Gegen ein Uhr morgens ließ er sich eine heiße Badewanne ein. Sein beuteloser Blick fiel auf die Rasierklingen. Doch er beschloss, den Bart stehen zu lassen. Kortner stellte sich vor, das Rauschen des Wassers wäre sein Blut, das durch die Adern schoss. Das war sein letzter Gedanke vor dem Kollaps. Als er zu Bewusstsein kam, fühlte er die nasse Lache, die sich um seinen Kopf gebildet hatte. Er lag in seinem eigenen Schweiß. Das grelle Licht des Badezimmers. Das überlaufende Wasser. Die durchnässten Kleider. Kortner taumelte hinaus. Der Schädel surrte fremd auf dem Hals. Grunzend öffnete er die Kellertür und stolperte die Stiegen hinunter. Das Reh war verschwunden. Spurlos. Als hätten sie es geholt. Der Franzonkel! Keine Nachricht. Kein Blut. Beklemmende Stille. Panisch durchsuchte Kortner jeden Winkel. Nichts. Die Gewehre standen unberührt im Schrank. Und das Werkzeug, das er heute Morgen panisch fallen gelassen hatte, stand gereinigt an seinem Platz. War er bei Bewusstsein? Jetzt. Heute Morgen. Den ganzen Tag. Die Stille verspottete ihn. Er sah sich nach lachenden Kindern um. Nichts.

»Hier!«

Der Taxifahrer blieb abrupt stehen. Eilig nahm er das Geld und sah dem blutüberströmten Mann in Jagdhose nach, wie er über die Straße taumelte. Als Kortner um die Häuserecke bog, stieg der Fahrer aufs Gas. Hier musste es gewesen sein. Hypnotisiert wankte Kortner in die Richtung, wo er den Hasen vermutete. Er hatte Fährte aufgenommen und blieb vor einem erleuchteten Kellerlokal stehen. *Geschlossene Gesellschaft.* Kortner läutete. Nichts. Er läutete. Aus dem Lokal drang weiche Musik. Sie lullte ihn ein. Machte ihn schläfrig. Jemand versuchte den Schlüssel im Schloss zu drehen.

Vor ihm stand ein Mann Mitte vierzig. Sein Gesicht war weich und jung. Er sah aus wie ein Kind, das mit dem Körper eines Erwachsenen zur Welt gekommen war. Seine Stimme klang nicht wie die seine.

»Es tut mir leid, aber heute ist geschlossene Gesellschaft.«

»Deshalb bin ich hier.«

»Das glaube ich kaum.«

Er wollte wieder schließen, doch Kortner blockierte die Tür mit seinem Fuß.

»Ich bin spät, ich weiß.«

Der Mann musterte ihn milde. Er lächelte kopfschüttelnd und ließ den Jäger herein. Als Kortner die Tür, durch die Musik klang, öffnen wollte, zog ihn der Mann sanft an der Schulter.

»Hier.«

Kortner folgte ihm schweigend in ein dunkles Zimmer.

»Hier?«

Schweigen. Der Mann war verschwunden. Kortner konnte die eigene Hand nicht vor den Augen sehen. Als das Licht anging, schreckte er sich. Kortner konnte sich drehen, wohin er wollte. Es gab keinen toten Winkel, der ihm den Anblick ersparte. Unendlich oft spiegelte sich dieser blutüberströmte Narr, der sich im Kreis drehte.

»Ziehen Sie das an.«

Kortner drehte sich blitzschnell in die falsche Richtung.

Als der zwei Meter große Hase den Raum betrat, fiel er nicht weiter auf. Die anderen Hasen wiegten sich im weichen Rhythmus der kindlichen Musik. Sie umarmten sich, rieben sich und kuschelten in den dunklen Ecken des Lokals. Als eines der rosa Geschöpfe auf ihn zu hoppelte, durchzuckte es den neuen Hasen. Sanft strich der Hase über den Kopf des neuen und nahm ihn in den Arm. Die Knie wurden weicher und der neue ließ sich gehen. Er weinte und umklammerte das Tier mit aller Kraft. Dies bemerkten die anderen Hasen und eilten herbei, um den Neuzugang zu liebkosen. Sie trösteten ihn mit zärtlichen Geräuschen. Sie hoppelten aufgeregt herum, um ihn zum Spielen zu animieren. Sie nahmen ihn in ihre Mitte und wedelten mit ihren Stummelschwänzen. Der neue Hase klatschte vor Freude in die Hände. Er sprang in die Luft und hoppelte aufgeregt durch den Raum. Nur ein Hase stand nachdenklich hinten in der Ecke. Er beobachtete das Geschehen, als würde er dem Neuzugang misstrauen. Als dieser kurz innehielt, wusste er, dass es der Hase war, der ihn hierhergelotst hatte. Langsam ging er auf ihn zu. Er schien auszuhalten. Sein Gang war vorsichtig. Als wollte er ihn nicht erschrecken. Der andere Hase rührte sich nicht. Erst als er wenige Schritte entfernt war, verschwand er im Dunklen. Er bog um die Ecke. Mit flottem Schritt folgte er ihm.

Am nächsten Morgen fand man einen zwei Meter großen rosa Hasen im Wald. Sein Unterbauch war säuberlich aufgeschnitten, sein Inneres restlos ausgeweidet. In seinem Äser steckten grüne Zweige, um den letzten Bissen zu markieren. Ein Zeichen für Respekt und Versöhnung mit der Natur.

DIE REVOLUTION DER FAULEN, DIE DANN DOCH NICHT STATTFAND

GUTE-NACHT-GESCHICHTE

Eine Miniatur

Er: Erzähl mir was.

Sie: Es war einmal ein Stern, der war sehr einsam.

Er: Und?

Sie: Er blieb einsam. Und dann ist er gestorben.